生活过成诗

 著

文汇出版社

谨以此书献给母亲李蓉贞

序一

毛时安

　　像沉寂了多年的火山，再度喷发出烈焰火光岩浆，诗人陆萍在远离诗坛多少年后，居然在同期内推出了两本诗集《生活过成诗》《玫瑰兀自绽放》。那么强烈，那么耀眼！诗歌是文学皇冠上的明珠。今天，这颗明珠再度闪烁，重放璀璨。我们曾经对她有过那么漫长的期待，得到的只是沉寂的休止符。其实，陆萍何曾离开过诗？她整个人生都在诗走生活。诗，是她的生命，是她的阳光空气和水，是她的通灵宝玉，是须臾离开不得的；她远离的是空气有点污浊的诗坛，而不是像生命清流般淙淙流向远方的诗。

　　火山喷发有酝酿的过程。深层板块的移动，地火岩浆的蓄积。陆萍，其实一直在思着想着，在诗的灵感和玄思中生活。像河蚌育珠般地生成为诗的美丽感觉和意象。那些从生命深层流出来的诗，从来就不是为了发表。它们洗净了功利的尘灰，没有博人眼球的喧哗，没有取悦俗世的媚笑，而只是静静夹在自己情感和生命某刻的一枚书签；诗人明白"诗不是她的事业 / 也不可能成为她的事业"，而只是她"生着活着"的"心跳、气息、血流和脉动"。

陆萍是我们这代人中最早蜚声于文坛的诗人。1970年她就发表处女作。1972年写的歌词《纺织工人学大庆》在全国海选中胜出，由上海交响乐团灌录而唱遍神州大地。在《解放日报》副刊发表的组诗《纺织厂速写》中那些脍炙人口的诗句："十万纱锭飞旋／震动九霄雷库／牵银河泻瀑／令白云吐雾"，一度成为诗坛佳话而被报刊一再引用转载。那是她在纺织厂倒三班不断穿梭巡回的汗水中蒸腾出来的文字，在万马齐喑，百花凋零的文化年代，这诗句显得特别清新可贵。就像在沙漠里蓦地看到玫瑰那样令人惊喜。人，其实很难超越时代的。只要超越了一点就很了不起。陆萍当时就是超越了那个时代，是我们心目中了不起的诗人。是诗坛绰约的玫瑰，迎风摇曳。对她，我们这代人从心里喜欢。

　　她的处女诗集《梦乡的小站》1985年获首届上海文学作品奖。当年获奖者一起去千岛湖富春江游览，我和她有幸同科、同行。她诗人的活跃爽朗，感染了我们一路的行程。

　　她的第三本诗集《有只鸟飞过天空》列入上海文艺出版社的《新诗丛》。我们只要看看诗丛的阵容，有舒婷、张志民、邵燕祥、林希、公刘、牛汉、周涛、辛笛、杨炼、白桦、严阵、韩作荣……就知道陆萍在当年中国诗坛的地位和影响了。

　　这本诗集放在我书柜醒目的位置。在我灵感枯竭才思阻断之时，我会抽出来激发一下自己的艺术感觉。我特别喜欢鸟飞过天空的意象。正如评论家任一鸣在18年前研读陆萍作品时的评论《放飞爱的天空》中所言："飞翔，使我们看到了从意识深层获取灵感的女诗人所特有的、完全成熟了的写作姿态。"

《生活过成诗》和《玫瑰兀自开放》更是承继了陆萍诗歌汹涌流淌的血脉展翅高飞的想象，但更能显示出诗将语言提炼成高密度白矮星般的情感浓度，从人性深处最幽闭处起飞，然后翱翔诗国天空的那种起落有致尽情尽性飞翔的美。

陆萍的诗，使我情不自禁地想到著名的俄罗斯诗人安·阿赫玛托娃，一个具有独特"内心回忆"的女性。陆萍始终把目光投在人的本原世界，展现了自我的"内心回忆"。我们来看她早年那首飞出国界的诗《冰着的》："我的痛苦是一块绝望的冰／因为绝望，才冷得透明／渴念、希求、流动的眸子／已在无情的晶莹中得到安宁／／朋友，你如看见它，可千万别碰／世界上它最怕的是你的手温／我不愿让它轻轻溶化／只因在绝望中冰着我最初的纯真。"

冰，一块绝望的冰。但我们在它的晶莹剔透中分明可以听到波涛的汹涌和烈焰的呼啸。1988 年 3 月，陆萍因这首由《中国文学》译成英文法文的诗而被亚洲诗歌中心盛情邀请，赴印度博帕尔出席亚洲诗会。她在开幕式上亲自朗诵了这首诗，掀起了一阵"冰"的旋风，被誉为亚洲诗坛明星而一举奠定了她在亚洲诗坛崇高地位。后来在日本、韩国等召开的国际诗会上，陆萍的名字，总是出现在诗会出资盛邀的名单上。

而今，突然像被热血滋润过的玫瑰，诗人陆萍再次鲜红鲜红地绽放了，不是一般地绽放，而是电闪雷击水流花开，火焰般地烈烈怒放了。那种倾生命之罐而出的情感冲击力，像决了堤的洪水瞬间弥漫了世界。无以言说的悲欣，以一种锐利，潜伏在诗人平静的汉字里；以喷薄的姿态，迸发着生命的血汗和泪水。

人生经历是笔巨大的财富。诗人陆萍用极其冷静的语言，具有高度概括力的意象并以功力不凡的诗句，表达着内在的感受。

正因为陆萍笔下的诗，深探到人性和生命的骨子里，所以陆萍诗的魅力和震撼力，并不真正在于她的个人经历，而是在于一种地球人所共有的感情体验。她笔下的七情六欲，已超越了狭隘的个案而流向了全人类共同的精神大洋。

这本写于2010年后的《生活过成诗》，和写于2010年前的《玫瑰兀自开放》，忠实地记录了一个诗人这些年来的心迹。我们可以看到其"诗走生活"的激动、迷茫、踌躇、释怀、感恩等等，甚至与"与神相会／与灵接通"的"天马行空"；处在状态中的"我"，不需要构思，"落笔直达心魂要害"的快意。我觉得，已经不能用山阴道上目不暇接来形容读这本诗集时的感受。那完全是近乎在高速公路疾驰的车窗外，不断掠过的情感风暴和不断变换的人生场景，快速、密集而高强度的精神冲击，像子弹携着火光，直击人心。这是非常诗人气质的现代女性的深刻、直率，激情与理性并存且毫无遮掩不加修饰的具有生命日记性质的"内心记忆"。

这本诗集分五辑，即《有种奢华不动声色》《行至深处》《初始化原野》《足金成色》和《岁月窗玻璃》。在诗集中我们可以看到，诗人，就是诗人。那些我们擦肩而过熟视无睹的生活碎片和寻常风景，片刻情感火花，杭州创作之家的一束灯光，城市夏夜的焦虑心情，鲜花盛开季节的闺蜜倾诉，老街河边的一刻栖息……"无一例外地／被一种诗的性感征服"，在诗人酒坛里被酿成了馥郁的琼浆玉液。我们看到诗人独自"坐在阳光中静静辉煌／每个细小回忆都会幸福地燃烧"时的剪影，这样的剪影中外都有：李白在酩酊大醉中挥毫、苏轼在月光下翩然起舞，普希金在皇村树下静坐思考……陆萍这本诗集里佳句警言犹如雨后深林里的蘑菇，满目皆是，一朵朵一簇簇。读者自有慧眼，不须我饶舌。但我还是想挑两首很可能被忽略过去的诗行。很巧，都有点怀旧的色彩。《没了倚仗　猛地一个趔趄》是一首怀念母亲，歌唱母爱的诗作。慈母手中线，游子身上衣。诗人以一种近乎白话白描朴素无华的语言书写了那个活在恍惚中的"亲娘"。"猝不及防／姆妈从那头走来还那个模样"，"老屋里没了老根／老锅里没了老汤"……像歌谣一样明晓。但有"趔趄"、"激灵"、"恍惚"、"猝不及防"，镶嵌在诗中，哀婉、不动声色，却摇撼着心灵。还有一首叙事诗《我精神原野上的一棵大树》，是写给年届95的大译家屠岸诗人的，可能是两本诗集中最长的一首。"你是我精神原野上的一棵大树／虬枝苍劲　大气磅礴／一回头就看见你了……"这是真正的回肠荡气。几乎没有任何花哨的修辞。宋诗有"以文为诗"一说。此诗有此境界，恐怕也是这本诗集风格和形式的特别之处，自由散漫率性。"可信中却喃喃不知说了什么／我只是想让它穿过十多年漫漫雾云／告诉你　告诉你　我的下落／你旋即飞书如箭／还用挂号挂着一把大锁／生怕飞回枝头的一只鸟又飞了／生怕鸟一不小心又走老路……"在散文式的咏叹中把两代诗人的深厚友情转达了出来。本书第四辑《足金成色》中，是诗人为上海三届平安英雄颁奖典礼写的颁奖辞选录。诗人"用颤抖的手指／触摸一个英雄精神的高度"，沉浸在他们的境界里，把"辞"变成了"诗"，而且是真正的货真价值的诗。没有任何官话、套话，每首诗都怀着一种神圣一种炽烈，从诗人心灵深处倾泼而出。诗人写社区保安英雄面对生命危险"天天在城市的夜色中／悄悄精彩"，写检察官"你有法理无情的锋芒／也有母性慈祥的眼神／所有罪欲恶念都注定在你手里溶化／让问题自己　把自身收拾干净"等等。正如诗人所言：她"摸着人性人道、生死爱恨这些永恒的暗巷子进去，真实的血肉全在里面"。

我还特别注意到，诗人正以一种超乎寻常的敏感，在诗中导入了当今电子信息时代的背景。如"我也是空茫中一片黑屏／坏了一个修不好的硬件／叫归属"，"蒙眬醉意之际／是一方初始化了的田野／杂念归零"，"焦虑在人心引爆／强行炸翻一本日常编码"，"我和我的灵魂起舞／在电之脑　在微之信　在云之库"，"命运为我充了一张钻石金卡／让所有的苦难排队／华丽转身"等等。

较之以往出版的五本诗集，陆萍的即兴挥洒更加自在，撷题取材更加广阔宽泛，语言肌理更加紧致密实，意象表达更具通感穿透，全场具有压迫性粉碎性的"场"的张力。

这些诗，本质上是追求一种超越一切的纯粹精神和心理体验，顺应诗的本质的呼唤，摒弃现象碎片而向心的纵深开掘。它们不服务于外在的目的，直奔文学创作永恒的主题。人有两重属性，一重是社会属性，它会随社会制度的变动而变化；一重是自然属性，即人的生死爱恨性情，它会穿越古今、遍走中外而永远恒定如一。陆萍咬定不放的就是后者，所以她写于三十六年前的那首《冰着的》，现今读来，仍然鲜润如初。

诗人陆萍以源于天性又出乎自然的才情，凭着对人类永恒主题的坚守挖掘及对人性与生命最幽暗无意识的探究，她的诗歌，便具有了广泛地激起人类共鸣的力量，也使陆萍完全能毫无愧色地跻身于当代最优秀诗人的行列。

一个女诗人穿越五十年时而阳光时而风雨时而泥泞的创作道路，激情贯穿始终，而且愈燃愈烈，坦率地说不是一件容易的事。但诗人陆萍做到了。她使我想起曾经生活过的工人新村，那拐角竹篱下密匝的玫瑰。每到春天，花香馥郁色彩娇艳。有年地震，公房老墙被震开了弯弯曲曲的口子。唯有玫瑰毫发无损，倚着篱笆怒放而风情万种。多少个春夏秋冬酷暑严寒，陆萍以诗内在的律条，严厉苛求自己"我是我自己不好对付的敌人"。这种对诗神的敬畏和自觉，使她半世纪来，成就了一株永远的玫瑰。即使绽放时悄然无声，但夺目的艳丽，仍然是当今这个时代骄傲的亮色。

这个世界不需要燃烧的贫铀弹白磷弹，这个世界需要玫瑰；这个世界不需要在无人机机翼下冒烟的废墟和瓦砾，这个世界需要玫瑰；这个世界不需要让那可爱的叙利亚小男孩，用熟睡的姿势永远沉没在冰凉的海水中，这个世界需要玫瑰，需要诗走生活，用玫瑰装点孩子们的摇篮、小屋和睡梦。

是的，诗，就是人类世界的玫瑰。

2017 年 1 月 28 日

序二

王新民

陆萍的诗歌有一种不同于常人的凝视、观察、倾听和想象的领悟力,有一发不可收的抒情天分流露和淋漓尽致的诗意表现力。

陆萍的诗歌想象幽深跳跃轻灵的节奏,开拓了诗歌的审美想象空间;诉诸内心的自我幻觉与记忆,再造了意境美妙的诗歌情怀。

陆萍以平静和超脱的心态,面对纷繁的现实世界,不断地在智慧思辨中放纵自己的激情,而呕心沥血"挖掘"出来的诗歌语言,是她心灵深处绿叶的青翠,无不凝聚着诗人的一片诚挚。

不同时代的人性体验,依托于各自的时代,陆萍在自己的诗歌中,想要表达的是文明摆脱蛮荒的社会进程中、欲望泛滥的情境下,当代人无奈挣扎的尴尬。

"有种空壳壳的东西 / 啪答啪答在背后响 / 曾经结实的信念不知何时飞了 / 谁在说是虚梦一场 // 一夜醒来 常会恍如隔世 / 仿佛有什么东西 丢落在什么地方 / 回头寻找 发现遍地都是 / 却认不出哪件是自己的珍藏 // 是朝前也是后退 是缓冲 / 也是一种对生命

全局的瞭望／把控一场真实而美好的人生／一些失落　有时值得张扬"。(《生命全局的瞭望》)

陆萍不是一个思想家,但她是一个有思想而且不随波逐流的作家。对现实、对社会、对人性、对生命、对灵魂,陆萍有她自己的独立思考。她善于将诗歌文明的内核,置放在历史的巨大维度之中进行观察;将那些被欲望缠绕而苦苦挣扎的灵魂,驱赶到一个分外宁静的空间进行拷问。

于是,陆萍的诗歌,在憧憬、坚守、波折、反思中,显示出多种生命模式;于是,在陆萍的笔下,便生成出一些出乎意料的诗歌意象,以及由此而生的参悟。这些意象跌宕而有序,这些参悟独特而深刻,并给读者留下极其开阔的联想空间。

陆萍具有一种精确描述客观事物的理性精神。

在陆萍的诗歌里,现代意识、现代人精神,在看似混乱嘈杂的诗句里,形成一种现代文明精神的根基。现代人的情感意识,怀疑、质问、辨析、反思成为陆萍一种写作的常识,成为一种在作品灵魂上烙下的深刻印痕。

陆萍能够在现代都市人的生存现场,找到与现场相对应的生存感、生命感,并进而形成与现代社会匹配的灵魂和价值。并且获得了一种心灵的真正自由开放、视野的高度开阔和抵达深度的不断掘进。

陆萍总是能够从物质世界里,抽离出精神和境界;从日常生活俗事中,淘洗出优雅和闲逸;从湍急的时间河流中,捕捉瞬间的感悟和联想,并迅速升华为闪光的意象。

"难得静心 / 翻开岁月　触摸 / 只有自己知道　有种失去 / 足以将人的一世颠覆 / 就剩下一副空架 / 看日　日也苍白 / 看月　月更凄孤 // 即使灯红酒绿功名利禄 / 哪怕全都给我 / 我也是空茫中一片黑屏 / 坏了一个修不好的硬件 / 叫归属"。(《黑屏》)

诗人善于通过高浓度的情感表达方式，将微观事物和生活细节通过或者精细的描述、或者哲理的挖掘、或者玄秘的联想让诗意撒向无比开阔的境地。而且，陆萍诗歌中氤氲的思想情趣、生活态度和诗人的敏锐和悟性，是一种召唤人们回归自然的牵引力。所以，陆萍以精神和境界构建起来的诗歌文本，读起来格外温婉动人。

虽然诗歌要求思想深刻，但诗人则不是干巴巴地硬贴哲思于作品中，也不是故作艰深、故弄玄虚，而是让哲学充当"旁观者"，靠作品本身说话，靠诗的形象、情意和语境说话。

"散云迷雾无法聚起 / 没有方向不知雨期 / 忘了路径没有菜单 / 到哪儿也不属于自己 // 什么时候被连根拔起 / 没着没落地悬浮飘移 / 灵魂被什么禁闭 / 在深处身不由己 // 自己被自己丢弃 / 谁也无法救你"。(《没有方向不知雨期》)

个体灵魂的话语与使用意象感触话语复合融通，彼此共时包容，若盐溶于水，经由作者的艺术搅拌，达到诗与思的高度统一。作家在诗中所蕴含的活性元素，被有效地激化，使诗歌文本的智力与情感获得紧密融合。

在这首诗中，陆萍真的做到了为感觉寻找一个形象，让形象说出一种感觉，在情与理、形与神、显与隐、限制与自由、形式与内容之间的和谐与平衡。

没穿透力的诗歌语言是平庸的，就像小鸟如果没有翅膀，将会失去飞翔的梦。陆萍的诗歌语言很干净、鲜活，没有一点僵死和陈腐的气息，能够准确地表达丰富而充实的内心世界，具有强大的思想穿透力。

从操作技法上看，陆萍的诗歌贯串式组合是以中心意象贯串次意象。这种次意象不是对中心意象的直接摹写，往往是诗人通过中心意象的联想派生出来的；这种意象的组合，是生活的浓缩与提炼的结果。运用这种贯串式组合，重要的是要找到情感的凝聚点，亦即情感的网结，由此生发开去，类似于散点透视，以情驭物，以象尽意，并在"减法的写作"中完成意象的铺排，从而获得言约而意丰的功效。像这样的技法在陆萍的诗歌中比比皆是，经由经验、玄思、叙述、抒情的交替呈现，力图全息式地表达诗人内心深处纷繁复杂的情感纠葛，通过变异或颠覆传统习见的书写方式，折射当代人精神世界的复杂性、矛盾性和多变性，维系特定语境中固有的真实感，构成陆萍诗歌鲜明的文本特征。

陆萍的诗歌，纯粹出于即时性的情绪宣泄，诗歌中的字链，在读者脑海里形成的感觉往往须要读者去意会，即使你一时说不清楚作者具体叙述的是什么，想要表达什么，但隐隐约约中，你却觉得自己读到了什么，感觉到了什么，品尝到什么：

"你在闪烁什么 // 你跃动在湛蓝的思想大草原 / 挑逗我披着红绸的灵感 / 一阵旋飞的风动里 / 你牵着我灵魂后院中的烈马 / 翩然而至 / 这是我骄傲的全部 / 在世界上尽情展露 / 所有偶一回首的人 /

将无一例外地／被一种诗的性感征服／／你还闪烁什么呢"。(《界面光标》)

这些富有弹性张力的诗句让人灵魂震撼。抽象的事物，经过她的拼贴组合，许多生活场景、人和事串连了起来，便具有了巨大的现实生活包容性，并且引发丰富的想象力；语言本体与功能的同时"到场"，实现了生存境遇与精神向度的有机遇合；来自现实超越现实的意象群，又触发了生活感悟，使生命体验的深刻与诗性书写之美感相得益彰。

陆萍创作了不少发自其内心而又具有普世价值的诗篇，她在自己多年的诗歌创作实践中，割断了对旧有套路和常识世界的遵奉，并且充分释放其建构性的能量，探讨与诘问诗歌的多种可能性——异质文学艺术体裁之间"活性元素"相互转化的可能性；不断变化了的世界中新的题材摄取的可能性；在模式的连续循环中进行重新编码和奇异建构的可能性；把生活经验变成精神内涵的可能性，因此成就了陆萍诗歌的独特气质。

读陆萍的诗，你会发现那非常细腻敏锐的诗歌触角、非常饱满的情感、非常个性化的语言、非常奇特的想象。陆萍的诗歌，在给我们美的享受的同时，总是强烈地冲击我们的感官，引发我们的思考，让我们从她空灵的诗句中获得一种人生观、生命观、世界观的诸多感悟，回到内心，回到自我。

2017 年 1 月 4 日

目　录

序一　毛时安 ／ 001

序二　王新民 ／ 008

一辑　有种奢华不动声色

界面光标 ／ 003

感觉在空间之外 ／ 004

酒醉时分 ／ 006

生命是万能的神 ／ 008

优美十四行 ／ 010

静静辉煌 ／ 011

感恩应该是我单向的付出 ／ 012

生命全局的瞭望 ／ 014

不知道为什么想流泪 ／ 015

放弃是人生的高级设置 ／ 016

话题顶端 ／ 018

结局成一场买卖 / 020

没有手机没有电脑电话 / 022

人在苍茫宇宙中 / 024

我的娘 / 026

写作生态 / 027

去海天放歌 / 028

无言的风情 / 029

蓝洞啊蓝洞 / 030

独享这刻 / 031

强行炸翻一本日常编码 / 032

深夜像老街细巷里的地铺 / 033

让我奢华 / 034

雅座 / 036

有东西沉沉地跌下悬崖 / 037

一个人的荒野 / 038

那不是歌 / 040

没有方向不知雨期 / 041

我又坐在我的书房里了 / 042

久违的鲜活蓦然回首 / 044

痛苦是我的私人财产 / 046

黑屏 / 048

二辑　行至深处

这一刻的微妙 ／ 051

我和我的灵魂起舞 ／ 052

旅途断思 ／ 054

并不是你见着的那个我 ／ 056

独处时常常会逼问自己 ／ 058

哦 ／ 059

话说无能 ／ 060

正是傍晚时分 ／ 062

云朵是索引 ／ 064

酝酿 ／ 066

心理剪影 ／ 068

你还不能将他读伤 ／ 070

已经将你读完 ／ 071

全因入世太猛 ／ 072

千万别碾碎自己 ／ 073

行至深处 ／ 074

柔情曾跌崖飞瀑 ／ 075

还不如星星沉寂落日遥远 ／ 076

窗外一轮金色的月亮 ／ 078

无人喝彩 ／ 079

圆 ／ 080

任何复杂的期待 ／ 082

问过我自己了 / 083

不是灯而是火焰 / 084

生活过成诗 / 086

瘦成礼节 / 087

渗进夜色濡湿悲伤 / 088

万千乱麻捏着了个头 / 089

思想忽然锐利无比 / 090

也里里外外冲刷了几遍 / 092

写某文前热身 / 094

三辑　初始化原野

再迟也要打开心里的大旗 / 097

诗是什么 / 098

梦蝶令人仰慕 / 100

生命的金币 / 103

万花筒 / 104

孤独如长在悬崖的一尖小草 / 106

才看清往事轮廓 / 108

哭哭笑笑的人生 / 109

莫名狂奔 / 110

没了依仗　猛地一个趔趄 / 112

那夜的风那夜的树 / 114

坚壁清野里人性埋伏 / 116

紫果叶 / 117

柔曼的音乐恰如一场祸水 / 118

日常灿烂 / 120

你让别人自己对焦 / 122

相处 / 124

有个角落正在等我 / 126

有一种极限就这样残酷产生 / 128

走到绝路就遭遇诗 / 130

直视生命的幽深 / 131

悟是什么 / 132

往事写真 / 134

四辑 足金成色

一品大百姓 / 137

人生原本是个过程 / 138

只要一条小缝 / 140

当情和法的交战在地上打滚 / 141

在夜色中悄悄精彩 / 142

独对天地灵魂清澈 / 143

让问题把自身收拾干净 / 144

豪华的青春 / 145

青藏高原一朵圣洁的雪莲 / 146

你进入状态毫不起眼 / 147

高贵的力量 / 148

打开您一世的功名 / 149

灾难和辉煌将您千锤百炼 / 150

断桥下死神正张着胳膊 / 151

思绪碎片 / 152

书写着你生命的豪迈 / 155

我们应该跪着读 / 156

头顶上空一颗十九岁的太阳 / 158

五辑　岁月窗玻璃

这是来自泥土的问候 / 161

老房子啊不堪破旧 / 162

曾经我们已十分疏远 / 164

落笔滋润 / 166

过去不去　未来不来 / 167

让自己懒散 / 168

像成熟的豆荚爆裂 / 169

且要老成一个人物 / 170

写诗说服自己 / 172

才几个字眼出口 / 173

芒刺在背 / 174

三个标题 / 176

祸难 / 177

高山耸立大江横流 / 178

等着痛苦来收拾吧 / 179

牢笼烈马 / 180

老街浪漫阳光温暖 / 182

我精神原野上的一棵大树 / 184

却接缪斯发来邀请 / 188

诗人陆萍的写作之路　老陈 / 189

后记 / 194

痛苦是我的私人财产

只能由我一人痛完苦完

一辑 有种奢华不动声色

界面光标

你在闪烁什么

你跃动在湛蓝的思想大草原

挑逗我披着红绸的灵感

一阵旋飞的风动里

你牵着我灵魂后院中的烈马

翩然而至

这是我骄傲的全部

在世界上尽情展露

所有偶然回首的人

将无一例外地

被一种诗的性感征服

你还闪烁什么呢

2012-2-5 凌晨 1:05

感觉在空间之外

那份涌动从生命里出来

漫过心海

我整个儿沉下去

在灵魂深处不再动弹

毁灭过也新生过

是羽化也是渐变

没有了肢体　只有感觉

感觉　在空间之外

在时间之前

你排山倒海　你一往无前

激情倾注身心

身心消融

我成了一缕风一朵火焰

这种享受妙不可言

狂喜极乐　把我前世今生刷遍

感知曾经的念想　一如爬行

离当下的飞行　实在太远

我的缪斯

我哪知道遥远遥远的

神圣神秘的颤栗

会发生在身边

而且　居然会透我而过

赐我灵感

2016-10-17　接上海文化发展基金会通知诗集出版获资助

酒醉时分

酒醉时分

有一种盔甲　慢慢变薄变薄

听得见嘭嘭心跳

蛰伏在心底的烦恼纠结甚至机密

忽然就浮到水面　就凸显本质

几乎是亘古未有

裸奔

投入地醉一次　投入投入

放弃自己　哪怕只那么一瞬

退却五光十色的羽衣和污尘俗灰

出落本真

酒醉时分　心最清醒

可是会发生一些

糊里糊涂的小细节

该打　该罚　该恨　该咒

然而不醉的人　　肯定不是好人

酒醉时分　　都说我会傻笑
傻傻地　　抖落我的性情　　我的心魂
我深深的角落里
一定全是吉祥的小动物
我爱她们
我不会哭　　我没有泪水
我的世界里一片光明

酒醉　　是一种艺术状态
艺术地衍生酒醉时分

2011-5-5

生命是万能的神

美丽已经远去

风情不再

而风打雨洗的日子

却又渐渐让我灿烂

生命是万能的神

暗自在深处　慢慢导演

以一种似是而非的随意

修复了我的创伤

负载了我的苦难

也给了意想不到的荣幸

时而大片　又一大片

时而丁点　再丁点点

将一天天一月月一年年里的平凡

平凡的精气神息

细水长流

背着我　走到了今天

我感受着生命的神圣与奥秘

投身在非凡的气场里旋转

生命到底是什么和什么

我唯有直感

直感真切　却无能语言

2012-7-1　雨，斯德哥尔摩市政大厅

优美十四行

你从优美的十四行里向我走来

我的诗　就丰厚就温暖

那灵川秀溪温泉茅屋

统统　成了我情感的地产

我为我的拥有和未来的开掘

怀着浓郁的情思　深深的期待

而你只是憨厚地微笑着　微笑

兄长般为我裁剪意境　酿造安全

我有你萤火串起的项链

我有你桑椹染紫的灵感

当优美的十四行挂满我梦乡的树枝

我醉在远方留下一生最美丽的片断

清晨，八角吊脚楼，遥望起伏山峦

静静辉煌

状态中的感觉无人知晓

我在阳春三月打开诗抄

脆生生的风铃余韵不绝

情绪中布满温暖的色调

我一个人坐在阳光中静静辉煌

每个细小回忆都会幸福地燃烧

2010-3-18　　阳光如金铺地

感恩应该是我单向的付出

阳光诚恳地泻进屋来
特地为我营造一种意境
还给窗台上翠绿的藤萝
雅致地勾边镀金

新茶一杯　清醇得让人失语
我必须做点什么　才会让内在安心
上天赐我比一甲子还多得多的春天
让我遭遇成功　让我品尝幸运
让我腾云驾雾　让我写诗抒情

漫漫来途　无数日月晨昏
浩浩远天　不尽春秋风云
我总是为我之所求　交付情热智光
我总会为我之所爱　燃点灵魂生命

想起往事我无怨无悔气和心平

随缘宽容　是通解人生百题的路径

面对当下我唯有感恩感恩感恩

对父母对兄妹对我所有的友人

即使是失足跌进监狱的罪犯

我也响响亮亮地说　我爱他们

总觉得感恩　应该是我单向的付出

然而每天　却有那么多美好等我开门

2015-3-30 匆记，8-6 中国作协杭州创作之家修改

生命全局的瞭望

有种空壳壳的东西

啪答啪答在背后响

曾经结实的信念不知何时飞了

谁在说是虚梦一场

一夜醒来　常会恍如隔世

仿佛有什么东西　丢落在什么地方

回头寻找　发现遍地都是

却认不出哪件　是自己的珍藏

是朝前也是后退　是缓冲

也是一种对生命全局的瞭望

把控一场真实而美好的人生

一些失落　有时值得张扬

2013-3-6　西窗夕照绚丽，书房匆记

不知道为什么想流泪

不知道为什么想流泪

控制不住　急得在后面排队

头绪众多　还凌乱纠结

像轮子轧过来　委屈而且尖锐

没有理由　我就否决自己

但偏偏有东西落下来　是泪

我转身侧脸　想避开什么人

可什么人偏偏上来　来追

悬崖峭壁了　我悬崖勒马

笑眯眯地回头说　来杯咖啡

现在我已回家窗前月明如水

再不能这样了　这样会让人受累

2011-12-16

放弃是人生的高级设置

放下一点　再放

再往下沉

感觉踩着了地面

身骨一轻

放下放弃原来是这样美好

开阔　辽远　和缓　亲近

什么都变得自然而轻松

总是微笑着

而且发自内心

筋骨柔软　情绪滋润

空气芬芳　生命

在生命的本质中坚挺

无意间有了一种全新的视野

不期而至的精彩

常常令人耳目一新

放下　其实是一种

更智慧的启动

掌控生活轮系中

至关重要的轴承

放弃　其实是

人生顶层的高级设置

终极要令之下疏而不漏

稀落精准

2014-12-26　游云冈石窟

话题顶端

你关照我字迹不要太草

意还未定

你就给我写了收条

你以为我就是你执导的角色

俯首帖耳会听你调教

碍于情面更是礼貌

我只能以某种暗示

作一点预告

述说一个颇为敏感的话题

话题顶端只是一朵

永不开放的花苞

花苞当然能在某个瞬间

烈烈绽放

但是要我愿意

你知不知道

你的困难在于你太美的想象

一厢情愿的假设

何谈潦草

过于自信　对人是种伤害

强行施舍　是否自我拔高

权且让你等待吧我宁可负你

也不忍给你

寄去一句善意的冷笑

2015-11　打扫思想庭园

结局成一场买卖

你心里明白

我心里也明白

生活中有些美好的事情

一不小心

就结局成一场买卖

你敏感的神经

早就察觉分毫

我呢　也已成熟也已老练

于是场面上就显得比较轻松

旋转时还带点难度

显点风采

曾经刻骨铭心的东西

却原来是

一次性启用的木筷

不需要保存

也不需要偿还

我们的备忘录

只是一家专卖店的店名

可以结伴偶去光顾

却并不非去不可

也没必要留恋

想聚就聚

想散就散

星期日凌晨 1:28

没有手机没有电脑电话

没有手机　没有电脑电话
没有现代都市节奏的应接不暇
整片整片光阴属于我　乡野里
分分秒秒的踏实　远离了浮华

我开采一座金矿　激活脑海里的
故事　法理以及道德和童话
在绿色的方格子地耕耘
任我选择哪款掘进的犁铧

敲击键盘　没有古往今来
那种书写的质感
我让心血浇灌过的田畴
留下热烘烘的笔划

我不要快　不要只争朝夕
我要享用灶膛的柴火

慢慢烘香锅巴

享用唐诗宋词的远古气息

看烟雨如何轻轻濡湿小桥东篱

我在草木芳馨的水村山郭

转悠溜达

回屋　我定力十足

在我思想的山坡草地

放牧我那匹诗性的黑马

烛光下摇曳的笔杆

难得在悠悠时光中

享用岁月的一席豪华

2016-4-15　梦乡小站读书偶得

人在苍茫宇宙中

责任是只弯弯的钩子
紧紧扎着我的心
那钩若稍稍一动
我立时感知惊醒

责任是片强磁场
覆盖人的一世一生
每有阴阳的轻移微挪
都让人哆嗦颤抖不再消停

责任是日报的黑体头条
搓揉着人类社会的准绳
让下面所有的凡响俗举
不离祖宗那个老根

责任是人在浩瀚宇宙中的
自我固定

让人在苍苍茫茫中

求得安生

责任是人在无限时空中的

置位托寄

让人的生命意义重大

让灵魂平静

2016-6-28　天气阴郁，暮色四合

我的娘

总是给我一个前进的方向

一个基本框架　大致提纲

一抹希望的底色

一支进取的箭头

让我雄赳赳气昂昂

找寻探求　再寻再求

坚实的脚板铿然作响

在蛮荒之地在苦难重重的岁月

而不息而顽强

2015-7-14 下午 3:50　有西瓜上桌

写作生态

追求极致　涉足临界

总爱让自己　处在一种边缘

前面是滔滔大海

后面就是熊熊火焰

不得进退

进退不得

逼我剑走偏锋

在难上加难之中

哺育灵感

2012-7-1　往盖朗厄尔峡湾、冰川大巴上记

去海天放歌

去海天放歌　不惜远足

寻得生命黑匣子

在大海在天空在沙漠一路细读

感悟是一种神奇

让你博大深沉　让你开阔

一身黝黑　将生命远方细述

也告慰心灵　不枉到世间来过

2016-6-19　闷热，网上诗赞田永昌摄影摩洛哥

无言的风情

无言的风情

光怪陆离　还色彩缤纷

离我们很远很远

却是零距离　触碰眼睛

而你就用眼睛　掠影

权当一段生命

不经意间泄漏了你的时尚片断

和大家握手谈心

2011-6-21 下午 2:53　上在精博客即兴

蓝洞啊蓝洞

蓝洞里装着瑰宝

蓝光里闪着奇妙

人在蓝蓝中享受到了什么

你不知道　我却知道了

蓝是至尊至高

蓝是感知末梢

蓝　让人异想天开

蓝　就是得到

2014-5　上线诗赞郭在精博客《意大利札记》

独享这刻

清清的水　静静的心
微微翘起的情绪　恰如其分
我沉醉于这刻　沉醉
感受你的笔触　你的气韵

在你明暗交叠的妙处凝思
在你光影灵动的刹那出神
此刻天籁　分明以一种植入的方式
让我在你的山水画中归隐

2015 酷暑　读油画家陆廷

强行炸翻一本日常编码

线抽不顺　疙疙瘩瘩

只觉得心里　十万火急

似有追兵千军万马

可是　我却坐着失神

心烦意乱　一言不发

满头大汗

还是解不开乱麻

自己与自己纠结　轮子打滑

鸡毛信　都是我自己签发

却不知道自己　到底要啥

焦虑——在人心引爆

强行炸翻一本日常编码

夏夜 1:15　速写城市焦虑症

深夜像老街细巷里的地铺

深夜　像老街细巷里的地铺

可以觅到许多思想的珍稀

可以静静地

对比揣摩

并用灵魂的圣水轻轻淘洗

可以用生命的逆光侧光对照

看见白日里

无法显现的肌理

一些寻常粗俗的物件

却会在黑夜里

尖锐地闪亮

2014-2-27 夜 11:38　得朋友上好小吃，睡前匆笔

让我奢华

读老子和奥修

我常常会在飞机上

穿越中　文字的锐利

不期而至　击中我要害

空灵里　思想的轮系

嘎吱吱地旋转连动

碾过庸常世俗的路面

在上句与下句话之间

凭空

让我奢华

只是要在无数劳累

无数折腾

无数悲苦无数喜悦中

烧过　淬过　锤过　锻过

之后的之后

所换来的一份飞翔中

读懂明白

开窍了悟

心平气和地微笑着

落实在地上时　方能

结果　开花　生根

2015-10-20　写在《天下大道》封二，飞往伦敦 BA168 航班

雅座

没想到　还有一处雅座
在生命中等我
品茶　赏菊　观海
在北极圈看月升日落

居然还是那种熟悉的感觉
任我　让我　陪我　依我
放开身心在草原上撒野狂奔
背后自有一双目光　在乎

在乎　是一种福音笼罩
哪怕我故态复萌　我行我素
命运给我的赏赐何等丰厚
我心香高燃　叩拜天地父母

2010-7-12　上政招待所 217 室

036

有东西沉沉地跌下悬崖

有东西沉沉地　跌下悬崖

好久　没有回声

心　荡在风里雾里

怅怅然惶惶然不知所云

答案　挂在面前的枯枝上

明明白白

一双手却哆嗦着

摸不到门环　叩响

不想接受　也得接受

突然听到——嘭

山底传来　着地的声响

2013 春　某时某刻忽然感觉上来

一个人的荒野

清朗朗的气息　全身蔓延
根须　在这几天渐渐长出
白白细细的嫩丝儿煞是神奇
生生地支起
一座心中的木屋

曾经迷茫　曾经无助
曾经在一个人的荒野
餐风露宿
三度春夏秋冬　血滴泪流
我将我的最爱
任意放逐

而且还一本本一行行一字字
认真撕碎了自己
在秋叶满地的长巷深处
久久呆坐

而今回眸

而今我敢回眸

敢回眸　正视

正视　我的痛　我的苦

正视　那被击晕的生命乱码

正视那被大自然

收拾停当的院落

成群成群悬浮在外的小精灵

一个个开始

打道回府

我脚踏实环视我灵魂的居所

会的　我会返身沿途去寻去找

一页页一行行

去搜索去恢复

我会的　我会将我的最爱打开

重新打开我的最爱

重读

夜 11:22　闷热欲雨。正视自我毁灭的敌意

那不是歌

空茫是什么
空茫要在不空茫时才能描述
才能托着空茫的底看个仔细
知道空茫的长度宽度深度

一种对既往人生的断裂和反叛
常常让我　找不到我
苍白的日子　有气无力
勉强打起精神
也只是点击游戏
任金珠银珠般的日子随地滚落

一拳砸去是风是雾
我知道那不是歌不是歌

2010-3-3　11:45

没有方向不知雨期

散云迷雾无法聚起

没有方向不知雨期

忘了路径没有菜单

到哪儿也不属于自己

什么时候被连根拔起

没着没落地悬浮飘移

灵魂被什么禁闭

在深处身不由己

自己被自己丢弃

谁也无法救你

上午 10:22　阳光明媚万物生长

我又坐在我的书房里了

尘埃落定
我又坐在我的书房里了

云也淡风也轻
只是有尘有埃的地方
被我心平气和地一点点
一点点揩清

此情已非昔日
十万八千里之外的水火
如同北欧　之于我们

我又坐在我的书房里了
窗外
还是昔日的天昔日的云

血脉里几场霜雪雷暴

如刀

劫过我的根

平静

平静得是否有点黑心

可岁月的石磨永远不会停歇

日子要过下去

我只得狠狠心

2012-9-25 匆成，10-24 改

久违的鲜活蓦然回首

是有这样的时候

期待着已经很久很久

很久很久　天老地荒

天老地荒中

我还在远走

很多样式秀了又秀

守着自己

却还在将自己寻求

这种寻求何其灾难

一块石头就这样

让我也变成了一块石头

不想某年某月某个时辰

某人的某句话

于我

竟如魔咒

这世界

说难也难说易也易

石头开花

石头就这样开花了

瞬间　立即　霎时

久违的鲜活

蓦然回首

暮春傍晚。开悟是个神奇的瞬间，犹如鼠标一点

痛苦是我的私人财产

痛苦是我的私人财产

只能由我一人

痛完苦完

在月辉洒地的凌晨

在冷雨敲窗的傍晚

无法赠予

也不能相送

哪怕有一天被复制被群发

这份痛苦

还是我的产权

她的私密无以复加

钥匙

藏在我血肉深处

密码

留在我灵魂秘殿

而且在许多鲜亮的时刻

我还动用笑容

为她保险

2006-5-12于滨海古园艺术墓地匆字。做碑的一块河石上是七个青莲色大字"有只鸟飞过天空",书画家钱君匋手迹,这也是我1993年出的一本诗集之名。硕大的河石面上,请书法家江显辉刻满我写给先生的诗行,河石断裂处的两句是"人类向宇宙索取,宇宙自要人类付出代价"。他从事航天事业,倒下时兜里还有为"神舟五号"奔波的待飞机票。2010年夏夜改定于上政校园

黑屏

难得静心

翻开岁月　触摸

只有自己知道　有种失去

足以将人的一世颠覆

就剩下一副空架

看日　日也苍白

看月　月更凄孤

即使灯红酒绿功名利禄

哪怕全都给我

我也是空茫中一片黑屏

坏了一个修不好的硬件

叫归属

2012-7-21　酷热，上政校园，开写稿约《腾飞在野马浜》前
静心热身

追那流水的声音　看那草叶的幽蓝

倾听太阳正金箔般击打着水面

二辑　行至深处

这一刻的微妙

这一刻的微妙

你也知道

我也知道

神往已久的感应

在相互抹杀　同时

又在互相创造

我们越过思想重重的峰峦

不是靠传统的艰难的跋涉

而是十万八千里之外的

隔空对视

然后　灵性一跃

2016-6-13 晚 9:30　散步偶得

我和我的灵魂起舞

为什么我如此

尽性尽情且歌且舞

在冰川峡湾

在大洋雪山

在高原深谷

呵　我的灵魂

我的灵魂在诗的远方

远方　远方的诗

就这样挥霍无度

这是我的拥有我的财富

在深深爱着的这个世界里

我生我活　我从千万里

千万里之外　来到这里

我神往心驰我诗情洒脱

这天之涯不管是陌生还是稔熟

这海之角不管是疑惑还是了悟

每处山水都是我的

——赤橙黄绿青蓝紫

每处风情都是我的

——水木金火土

都该　都该是我生活的田园

都该　都该是我居家的摆设

我和我的灵魂起舞

在电之脑　在微之信　在云之库

我横穿我的生命的旷野

领受天之琼浆

也享用地之玉露

远方　远方的我　我的远方

都是我入世为人

——必定要巡游的礼仪

也都是我生命旅程

——必定要享受的礼数

2016-3-10　翻看在北欧陈德弘为我拍的照片

旅途断思

一

就这样进入你温暖的情怀
熟稔真实　和馨香甜
没打一声招呼我悄悄地来了
悄悄地　时空切换

二

我的雪山云朵
你的灵感霞帔
无垠的大地上　奔走着
辽阔的思想　我们分享着
天地的光华
万物的精髓

三

总是在出发

总是在走路

我愿意洒尽我所有的财富

去亲吻远方的一块石头

一座古堡一片云朵

或许会是一块瓦片

甚至一个传说

远方的神奇

远方的奥秘

远方的高古

常常会让我洗心革面

让我脱胎换骨

2016-5-28 晚 7:02 梦乡小站，大雨刚敛

并不是你见着的那个我

我的一鳞　无法扬尾出游
我的一羽　不能展翅飞舞
并不是你见着的那个我
我在我的内部

现代快节奏立体旋转的生活
我眩晕
眩得支离破碎零零落落
于是我的碎片
只能在各种场合端坐
心神悬浮　有时还角色冲突
好在有手机的变声　场景音
可以隔空搪塞
将尴尬与窘迫
一笔带过

然而　夜色再深

都会被我的灵魂——召回

召回来整合

告诫着一个坚定不移的初衷

是无可奈何

不是万劫不复

身不由己随身去

只是策略

我内心的定力坚如磐石

看似随波逐流

其实我心中有主

2010-7-24 繁忙工作心情诗记。2016-6-25 暴雨改，是日球星阿尔贝茨现场训练孙辈易子澄

独处时常常会逼问自己

独处时　常常会逼问自己

自己很无奈

无奈到极点

极点成了一个巨大的黑洞

黑洞忽然就千疮百孔

百孔千疮里　透进的却是一道道光芒

光芒　将所有曾经搞不清的问题照亮

照亮其实十分可怕

可怕的是把所有的曲线拉直了

把所有的角落敞开了

把所有目的统筹了

把所有的意义漏气了

2012-6-14　上博，线上匆匆

哦

曾惑于什么才是人的归属
哦　一切都已水落石出

裸露有时也是一件外套
可以更换可以脱去
可以轻描淡写一笔带过

甚至一些隐秘私器
也是一件堂皇的外衣
并非是灵魂肉体的
神圣洞底
漏气

一切都已昭然若揭

2016-11-28　阳光满屋，给往事解密

话说无能

无能　让人感到害怕紧张
许多根本不能自圆的窟窿
你竟然堂而皇之地过街
漏洞百出　却还在盛水盛汤
泼了一地　却还是没有离场

然而　你不知道自己这副模样
某时某刻还会从头至尾再次演讲
甚至连可笑的细节
还在原地重复亮相

旁人的烦躁　无以复加
曾经发生的事故　出尽洋相
无能是无数条柔弱的藤蔓
死死地缠住什么不放

无能　是在泥土表层胡乱折腾

不播种不耕耘耗尽人生时光

无能不是罪过

是芸芸众生

2014-6-22　我自己与自己沟通后，我就原谅自己了，心再度平静

正是傍晚时分

正是傍晚时分

幽巷　很静很深

独个儿静静坐着

看夕照西沉

曾经饱蘸热血一支笔

扛着塌陷的生活

处处据理力争

曾经入世是那么深那么沉

其实也不过是下落不明

别说阅人无数

都是芸芸众生

而今上得岸来

身骨有点疼痛

夜色中啜着一小口浓咖

没承想自己这辈子

还可以卸却责任

用心掂量过往的岁月

不意间享用了自己的天真

2016-6-28

云朵是索引

一掠而过

海天山峦　隧道大桥　田野林木

还有春秋岁月　故事桥段

还有时光里的荣耀鲜艳郁闷屈辱

最是日子深处的细波微澜

也漾漾而来

照你一眼却不言不说

回忆　在进程终端

一件件一部部已经为你造册入库

寂寞的旅途上　云朵是索引

随便打开一页

都有舞台　对话　剧情　人物

昔日的主题　随眼前景色游走

如生情的飘窗

让人提神　让人注目

我穿越　我切换

时空中零落的篇章

在舒适的座椅上品咂生活的甘苦

甘苦全是幸福

我为诗为文　我为女为母

一掠而过　就让其一掠而过吧

我知道我渺小的人生

在云册中　本不占篇幅

2016-3-13 晚 9:35　昆明往腾冲途中

酝酿

心情有点儿像浮筹

期待蓄着花蕾

雨欲下未下

有本本子　在心里翻来翻去

说走神就走神

瞬间以最现代的速度

铸就你的命运

由得你时　你是天后

由不得你时　你是囚徒

这就是酝酿　这就是酝之酿之

之后再一锤定音的难度

应该是种豆得豆种瓜得瓜

然而长出非瓜非豆的实在太多

忽然让人明白现代意味着什么

是电脑屏幕上闪烁的光点

是摸不到的时间

是撞不到边的空间

是蠕动在情绪里的精灵

是一种取向　一种感觉

是一种前世今生的抽象

这是物质的升华

如观音坐莲般的平静与恒定

是世间至高至最至圣

2013-8-16　热，举棋不定

心理剪影

亦有回首的时候
想收桨落锚　常驻有你的码头
你有体贴你也温柔
只是懦弱啊胆怯
常常令人烦厌　让人添愁

是的　你所有的景色都只是景色
都是过眼的烟云　都会随时远走
没有水　电　煤
没有柴　米　油
没处可安　她的喜怒哀乐
没地可置放她的烦恼忧愁

在一个失望至极的当口
她疯狂地踢着一枚石头
甚至想步上悬崖　疯狂地纵身一跃
痛苦已经将她压出了血　榨出了油

而你却吓得缩成一团还瑟瑟发抖

没有一个箭步冲上她思想的潮头

或者抱紧她让她在你怀里痛哭

或者干脆粗暴你抡起鞭子猛抽

女人往往甘愿屈服非理性的暴力

但你却只会默默关注默默守候

尽管寸步不离　但你们必定同床异梦

撷取一幅心理剪影

留待我日后研究

2016-5-3　眼前鲜花盛开，耳畔闺密诉苦

你还不能将他读伤

爱不起来也恨不起来

可以说爱恨无方

被人读透　读尽

读到头的男人

已失去男性魅力

也没了力量

只是你邻家小弟

小弟弟而已哦

而且

你还不能将他读伤

10-26 凌晨 1:12　闺密聚会

已经将你读完

已经将你读完　读完　却时不时

还想翻翻　曾经的激情和浪漫

只是停在一行行诗里

成了标本成了展览

已经将你读完　读完　到了山

的那边　空空如也　空空如也

是不是人生中

一定要有不能涉足的禁地

一定要有无法泅渡的彼岸

生命因诱惑而提升

岁月因诱惑而灿烂

将你读完将你读完　嚼透吐渣　是

不是升了一级　恍悟人生已被洞穿

2013-3-31　爱是死亡的暗示

全因入世太猛

全因入世太猛

满世界的瓶瓶罐罐

你都有份

惦风念雨　睡不安宁

以至患得患失

缺了分寸

内心的条理　纠结成团

不时会磕磕巴巴

迷思亏神

嘀　凡事做到极致

莫过于恰如其分

2014-5-19　阳台鲜花怒放

千万别碾碎自己

千万别碾碎自己的苦难

粒粒屑屑地供人同情

有些事情　属于私密

回头就该把门窗　关紧

我讨厌展露哪怕是丁丁点点

当然更反感形形式式的裸奔

如果有不幸　将命运击中

也该独对天地独对灵魂

即使无法遮蔽的残痕断纹

也该上彩涂色置平放稳

至于一些情景已乱阵出界

也得艺术处理不让看出破损

2013-7-1　雨，中国作协创作之家兴隆花果山庄

行至深处

像漓江被轻波撩动的水草
我在梦乡的小站开始飘摇
所有的细节都五彩缤纷
我生命的诗海正风急浪高

你平静稳重含着温暖透着深奥
俯仰自如正撑着一支长长的竹篙
当轻巧的竹舟在江中打翻
我真愿在水里被诗紧紧拥抱

一路上的灵性被山山水水激活
行至深处才感知生活的美妙

2016-6-15　翻旧日笔记

柔情曾跌崖飞瀑

心静如水　如水柔情曾跌崖飞瀑
在烈日晴空下幻成彩虹
在峻峰乱石间向海奔赴

而今只是一条小小的溪流
或静成一碧深潭在无人的深谷
或细读一枚珠贝在有雨的下午

就这么从容走过　淌过年岁的山河
让细水柔流自然而然　凡尘俗世
走过路过看过　说不定何时又会
面临绝壁　然而还是不会拒绝　我
再次忘了自己忘了自己
一纵身又化为一匹瀑布

2016-6-23　闷热，铜川路普陀法院研究室定稿

还不如星星沉寂落日遥远

多少撞击而未开启的情爱

被他轻轻一碰却门松窗开

从此落地生根无法忘怀

夜深人静他便悄悄走来

悄悄拐走你的平静　你的安宁

还撂下好多　让你去想去猜

光阴荏苒再荏苒

想象和猜度　可以拍成一部影片

软香轻红嫁与了春水

你是一个没有出场的主演

猝不及防　你几次冲出自己

想要叩击那串密码与他连线

怕又怕联上的　是残忍是伤感

还不如星星沉寂　落日遥远

而今岁月叠加　风华不再

你的隐忍伤痛也被风霜重重覆盖

只是冷不丁　会冒出一个闪念

那嗒嗒马蹄

是否已响在另一世界

2015-8-2　偶读某马拉松痴情

窗外一轮金色的月亮

窗外　一轮金色的月亮

亮得叫人心慌

总觉得自己愧对光阴

一种焦虑逼我迷茫

想一躺了事暴走梦乡

却总有些至关重要的牵挂

让人夜夜不眠

胡思乱想

2013-2-8　清冷，打开电脑后，却杂事纷沓

无人喝彩

无人喝彩

我在风情宜人的站台

悠然自在

寂寞是个多事的男妇

无风起浪

凭空悬念

2010-6-19　酷热已至

圆

因为缺憾因为破碎

才绷紧了你的浑身的发条

在求　在追

才满世界寻寻觅觅

才安于在奋斗中沉醉

时而拼得天昏地暗

时而斗得日煌月辉

春夏秋冬

年年岁岁

沿途获有过一枚枚星星

一颗颗钻石

一串串翡翠

将个缺失补得花团锦簇

酥溜溜的日子饱满着

横着也美竖着也美

岂料一日　满盈盈的圆儿

却空成一个洞

美感从中幻化而去

袅袅婷婷头也不回

2010-4-12　满阳台鲜花盛开，受不起美艳之重，分送上下邻居

任何复杂的期待

终于告一段落

喧腾与忙乱在暮色里渐渐沉没

几缕思绪在灯下进进出出

织出的情节

也许是土布也许是绫罗

有欣慰有惆怅

也有幸运也有劳苦

任何复杂的期待

都将被纳入夜的湖泊

2011-2-27 匆字，2015-6-16 睡前改字

问过我自己了

赤裸的种子

挟裹着亿万年的过去

也携带着无穷尽的未来

问过我自己了

很多事已经明白

愤怒不能保持

而神圣也无法操练

时间的版图上

箭头只指现在

2015-10-20　飞往伦敦 BA168 一束柔光里留笔

不是灯而是火焰

想穿点　想穿点
原本是老生常谈
这在市井街坊经久不息的吆喝
而今也在我书房厅堂上空回旋

物是人非　时过境迁
今天这句话中的一个词　想穿
再一个字　穿
突然变得意味深长
并且赤身裸体　风姿万般
在一件事　在一万件事情的
开局和落幕——登台

穿是空落落的一个洞
穿是对不穿而言
人生所有的装饰和附件
以及道具情节

终究被日后久长的岁月

搬移灭损　或者更改

这情景　想起曾参观的故居

尽管摆设着　铁床　铜盆　木台

没有人间烟火　没有活色生香

冷寂空洞　除了复件还是复件

堂风直呼呼穿过

从前门到后门　不打格楞

感觉空落　却直抵要害

想穿点　就是将自己打个洞

让该漏的就流出来　流走流远

让生命居所的前堂后间都花草芬芳

让你内在的光

不是灯而是火焰

燃烧

燃烧成终极之精之神

永恒存在

2010-6-20　浓阴，偶有雨，杭州创作之家孟庄

生活过成诗

把生活过成诗

静静奢侈

在生命的前庭后园

享受此地此时

春雨中秋风里

穿过花朵切入果实

走通存在的第一现场

以生过活过的姿势

幸福纤毫毕露

即便像刺

人间天籁

把诗融成日子

2015-9-18

瘦成礼节

当往来

只剩下瘦骨嶙峋的礼节

喜怒哀乐

按俗世规格包装出手

友情就苍白

就失血

2016-7-12　闷热难当

渗进夜色濡湿悲伤

谁知道你的心眼千孔百疮

夜夜得安且安关了思想

想不清说不尽道不明的千千结

像一麻袋一麻袋的废品

堆积在陈年老仓

没有人帮你清场

你守着　守着一个人的荒凉

偶然也有脆生生的鸟鸣

窗外响起　也有鲜花也有阳光

然而泪水还是夺眶而出

渗进夜色濡湿悲伤　要抑　要止

又谈何容易　但是你必须学会

屏蔽　学会转向

2011-11　翻阅老年民事案宗

万千乱麻捏着了个头

也是一种极好的交流

就这样看看停停走走

不经意间参透

万千乱麻捏着了个头

有种感觉

无法说出

唯有诗这个精灵

会跟我走

2014-4-18 夜 12:02　线上匆复博友

思想忽然锐利无比

思想忽然锐利无比

一个弹跳　蹦起来

俯冲着总想下去叨将

既使破了皮　碎了壳

哪怕是出了血

也不再放开

分明看到了什么

在记忆内核

尘封太久　有碎片散落在外

一段往事的线头一只梦中的提篮

一截断链一堆锈埃

忽闪闪　在深夜的漆黑中浮现

它们是自己

把自己从深里刨出来

出来与我对视　一瞬　却无言

忽然想说很多很多的话

很多很多的话

都与娘亲有关

2012-4-6

也里里外外冲刷了几遍

清澈起来　雾慢慢消去
潮渐渐退出海滩
曾经稀里哗啦的一大场喧闹
删去了
涂染上去粘贴上去
也包括吸附上去的色彩

终会露出最早企图
迟早显现原貌本胎

这就是我要接受的真实
千万别再去劝说再去更改
只是心里难免有点沮丧
乌七八糟的闹剧
不值得我去露面

透澈起来的真相

确实令人悲哀

却又想起一句哲言

水至清则无鱼

人至察则无徒

宽容宽厚

宽解了我一时的烦乱

透澈起来刮起的风雨

把我也里里

外外冲刷了几遍

冲刷了几遍　冲刷刷

却发现自己原本也是

乌七八糟　是同流合污

才涌波起澜

惑定思惑

自我检点

2010-1-28

写某文前热身

有轻轻巧巧的小泡泡　冒上来

一串串一串串在心里散开

碧碧绿的金丝草随波荡漾

左亦随意右亦自在　路就前面一条

朝心里想去的方向　拐了再拐

追那流水的声音　看那草叶的幽蓝

倾听太阳正金箔般击打着水面

灵性的键盘隐藏着玄妙的字根

慢慢闭上眼睛去感应去翻牌

我在七情六欲的空间挑选着汉字

随手就拽住了缪斯的飘带

亮晶晶的感觉　会活泼泼上门

点下发送就听得满堂喝彩

　　2016-5-26 下午 3:30　雨

蒙眬醉意之际　是一方初始化了的原野

杂念归零

三辑　初始化原野

再迟也要打开心里的大旗

这是一份执著痴迷

这是一种死心塌地

这是强硬　也是主张

哪怕风霜中　哪怕雨雪里

依稀晓知父兄们的鲜艳

再迟　也要打开心里的大旗

要知道

你已几近九死一生

然而却还是直奔

直奔你生着活着的主题

2011 年三九天　题寒风里一朵小花

诗是什么

诗是生命路过爱情田野时

采得的一朵鲜花

诗是生命穿过病痛雷区际

留下的一个伤疤

诗是情感的图示　心绪的符号

是我居室里置放的大橱小柜

包括托盘花架

诗不是事业也不能成为事业

只是灵魂的感受心智的启发

诗不是目标也不能成为目标

只是奔走的喘息瞬间的想法

稍不留神　她就会绝尘远去

只是要记得　随时随地立即收好

不管手头篮子很破　纸箱又太大

诗和我形影相随

我笑　她是我快活的声音

我哭　她是我悲伤的泪花

诗是我生命中的生命　灵魂中的

灵魂　也和我同食人间烟火

吃饭　睡觉　干活　打杂

不过　诗　她会在汉字繁杂的衣柜里

得体着装　代我在各个场合

出席讲话

　　　2016-6-25夜　读诗集有感

梦蝶令人仰慕
——题与梦蝶合影

翻找岁月的仓库

往事鲜活

往事在鲜活里忽然停格

梦蝶令人仰慕

那一年　过海峡我们登顶春秋

那一天　办大典两岸盛装诗歌

你总一袭长袍　一把纸伞　一只包裹

孤绝沉静地坐着　坐也深刻

曾在同一时空下与你合影

想沾润几滴

你神秘宇宙观里内省的甘露

你选择冷粥　破砚　晴窗

咀嚼生命的浓黑　仿佛

孤绝地从光阴彼端走来

却又未远人间烟火

真挚纯粹　一派闲旷天真

你这《孤独国》的君主

以哲思凝铸悲苦而大彻大悟

梦蝶　一个意味着自我

与外物作无尽对话的浪漫诘问

以慈悲之笔着落

尽是些　不能忍舍的尘世散步

而今　你化蝶而去

却以另一种方式活着

今天我又一次打开你

打开你梦蝶　再读

铸火为雪

雪中取火

……

微闭双目

我也以距离感做风格标识

用心去寻访娑婆　去感知万物

去驻足你繁华街心摆设的书摊

去想象你悠长岁月冥思的小屋

去进入你以诗情抵达的峰巅

去进入你将禅意参透的深处

进入你以嶙峋之姿落笔时的瞬间

进入你征服生命悲苦的诗的悲苦

呵　翻找岁月的仓库

往事鲜活　往事在鲜活中定格

与其说我站在梦蝶身边　进入镜头

倒不如说　我在仰慕一种精神

靠近精神世界里　一尊伟大的雕塑

2015-6-12　因为查看资料，打开了三十多年来的书信。"宗教喜欢罪人，命运喜欢无能的人"

生命的金币

腾空

自由飞翔

在蓝天之下

在大地之上

按着内心的旨意

将生命的金币

花得铮铮作响

2014-3-6　花鸟市场即兴。接诗妹张烨来电，邀我去江浙采风

万花筒

万花筒

尽是破碎的美梦

可你专心注视地转了又转

毕竟梦

也会给人带来冲动

似鸿蒙混沌

一归零即云开日出

像细波碎鳞

一刷屏又万紫千红

恰如当今电玩游戏　上手

就像进了深不见底的魔洞

其实魔幻的世界　无尽无穷

与机器博弈　决不出雌雄

提着自己的头发

你怎么能够离开地球

要知道游戏啊游戏

只是游玩只是戏弄

何不立上高处　瞭望生命

人生苦短　光阴贵重

匆匆溜走的每分每秒都是黄金

真该拿捏分寸　或迎或送

别忘了当今神迹仙踪的生活

还在于你的驾驭你的操控

你的才智　你才智的驾驭

会让成功频频到场

你的智慧　你智慧的操控

会让美梦开花结果

在现实生活里来回滚动

2016-7-4　几乎前后左右的年轻人，都在手机玩游戏

孤独如长在悬崖的一尖小草

孤独如长在悬崖的

一尖小草

被暴被摧

却不让人知道

被生活拷问　被命运

问罪　被灾难绑架　被

不幸弄糟　即使这样

她却还全额埋单

并且保持

对全世界微笑

2010-5-18　浓阴偶雨。7-18　重读，意犹未尽补句：

孤独

是繁华街角

一款

被遗忘的精品

她出类拔萃

却只爱

在远处静静呆着

意仍未尽，再补：

孤独是一支点燃的香

日日夜夜燃烧着思想

当你感到单独时，别人在你的脑海中彻底消失

才看清往事轮廓

结痂脱落　一页终于翻过

忍不住再次回望

才看清往事轮廓　人要知足

正把失地一一收复

收复中　我慢慢找回了我

通过自己与自己的争论

通过自己对自己的折磨

生活厚重好比泥土

承受　承受一切要默默

面对风雨雷电照单全收

收下变成粮食变成花朵

2010-7-29 上午　夏虫之声不绝于耳

哭哭笑笑的人生

你有什么可以失落

要有　也因你得到太多

人生在世　本就是匆匆过客

既然进来也必然要走出

浩瀚宇宙　是天机是秘密也是真理

顺其自然　是一种饱满的领悟

忘乎所以地消解　顺其自然

顺其自然地寻得一条归家的路

失落算什么　小孩样在哭

哭哭笑笑的人生

是不是无所不能的神

随便写下的一篇小说

2016-3-13　见怒江大桥

莫名狂奔

醉成两朵云

醉成一片风

以光谱中

赤橙黄绿青蓝紫的敏感

将这杯酒一饮而尽

有种无名沸腾

挑战情绪冲浪酒劲

总觉得心头有件重大事情

悬而未决

决而未定

定了　却又再生

……

有时如蜜流淌

有时万箭穿心

有时灵肉消融腾云驾雾

有时心烦意乱头重脚轻

有时愤怒有时渴望

有时期待有时兴奋

也有时守寂寞而陶然

也有时品孤独而酩酊

想在细雨花伞下一刻逗留

想在梦乡小站上慢嚼细品

蒙眬醉意之际

是一方初始化了的原野

杂念归零

孩童一样

来次莫名狂奔

2016-7-15　闷热，看到迈克尔·杰克逊写的诗："我找到了我的目标＼就在一瞬＼那抓不到的影子＼就是我的灵魂"

没了依仗　猛地一个趔趄

没了依仗　猛地一个趔趄

趔趄几步站了稳

忽然明白　当真

当真已是一尊冰凉的塑像

一世慈爱　在心头日夜播放

那亲切切的声音

那熟悉悉的模样

闪回　停格　没由来地

场景切换　嚓　嚓嚓

一句老话语重心长

几近伸手可及

分明还说上了话

却又一个激灵

惊醒在长夜梦乡

泪盈盈闭目不启

112

想原路返回

急急返回却再也见不着

我的亲娘

恍惚没了着落

没法往深里想

苦乐喜悲自个儿提着

提着游荡　总不打在点上

只能在心里想想

想想啊想想

幸福　原来就是

和老娘刨根究底式的分享

老屋里没了老根

老锅里没了老汤

娘亲已经走远　当真走远

无数无数曾经的教诲

点点滴滴　集合在我思念的广场

还是会一个突然　猝不及防

姆妈从那头走来　还那模样

2014-3-25　摆弄花草时想起昨夜一个梦

113

那夜的风那夜的树

那夜的风　那夜的树

那夜的细雨　那夜的长巷

那是始料未及的意外

突然打开

烈烈地绽放近乎疯狂

老在心上　老在心上

在地铁在商厦在车水马龙的路上

这是一个太古老太现代太正宗

又太浪漫的事实

怎么想　也

想不到想不出想不通更想不象

不知怎么威士忌就发挥了力量

有点迷醉　有点蒙眬　有点荒唐

老在心上　老在心上

这是一个黏黏糊糊的梦话

什么感觉也说不上

烈性的酒焰喷吐着火舌

烧去了白天的包装

总会一不小心露出动物的尾巴

精神　逃离精神的土壤

凭空照样也开花结果

如实书写人性最真实的一章

2012-8-6 大热天　有风后风翻往年笔记

坚壁清野里人性埋伏

曾经的信条　在瞬间土崩瓦解

坚壁清野里人性埋伏

说出来就出来

只是需要夜幕遮掩　谎话过度

你松软的声音　是一种甜美

甜美中　你知道你已被甜美地颠覆

卸却面具　你打开了思想

旷野里你撒腿狂奔　纵情欢舞

生命在隔层中挣扎　是何等荒唐

虽然习以为常了　虽然都这样做

只是一不小心出界破线

跌回老窝时　碰到一个字"悟"

夏日傍晚　欲雨未雨

116

紫果叶

紫果叶拦住我　却不为什么

糯糯软软的口感　记录在我岁月

奔走的手册　一段难忘的经历

从这里翻开　这天 39 度　酷暑

不为什么的记忆异常深刻

尽管日后演变　是英雄也是囚徒

惊心动魄的故事在我眼前写真

都在当年郑君下西洋的太仓浏河

三十年的流水　流过脑海

紫果叶里的紫色　变幻莫测

不为什么里原本有太多的答案

不说　突然清楚

2016-8-8 匆字，2016-10-9 圣彼得堡放浪河边改定

柔曼的音乐恰如一场祸水

无法清扫出一条路来
我让我自己杂乱无章
柔曼的音乐　恰如一场祸水
我任其在思想的
花园里到处流淌

我不收拾　我仍然放纵
一路上　我还打开全部音箱
我松开压缩包里长年郁积的文件
将我的忧烦　痛苦　感伤和烦闷
一件件一件件
扔个精光

在宣泄的瀑布里　我快意淋漓
尽管那闪闪烁烁的
却是我委屈的泪光

我知道要超越杂乱

就必须乱上加乱

以诗的狂放

抗衡祸乱的疯狂

2016-5-13　在意向的管道里

日常灿烂

杂事零乱

毫无章法地把我的夜　布满

像腐草朽叶　漂浮在水面

推开又聚拢　推开又聚拢

因为琐碎　因为轻薄　因为散乱

而且　还成群结队黑鸦鸦一片

酿成气势　形成压力

一种无法摆脱的烂打死缠

让人一事无成

让人心烦意乱

事情够重够大　倒会击穿水面

沉底　不见踪影也没有闲言

我索性腾身一个猛子下去

立马条理清晰　当断就断

……

坐在桌前

梳理一整天里的忙乱

让日子慢慢从心里走过

不也是生命的一种日常灿烂

　　暮春　百花凋零

你让别人自己对焦

把心悄悄搁进你的色调

静静感受　被你激活的一种微妙

闭上眼睛梳理着

所有的遭遇和经历

再读当年　各自那最初的原稿

在你用色彩描述的空隙

在你用阴影暗示的情报

在似是而非　若隐若现之际

忽然天缝开启　来一个腾跃

很多发现　不少蹊跷

慢慢松绑　渐渐知晓

生活有很多罪恶很多腐朽

都是渲染精彩的佐料

然而画面无声

你也在远处沉默

云天静寂为这一刻的背景

你让别人自己去对焦

2015-7-26 夜 10:42　读陆廷油画

相处

尽可能随着你

什么都匆匆

匆匆浏览匆匆观摩

匆匆应对匆匆交付

匆匆是大海的浪花

是浪花的泡沫

是泡沫的水汽

是水汽里的雾

匆匆的结论未免草率

匆匆的爱情未免单薄

和你一起

便可以如你一样洒脱

一样随意一样快捷

一样拥有许多

拥有许多许多赞

许多许多花

许多许多没有泥土的

繁荣与飘忽

但是　我终究是我

于是我随口说声　我忘了

见了面忘了

分了手又忘了

如你一般潇洒　一般仓促

一般草率　一般单薄

该不是将一把小小的荆棘

刺了你? 我

2016-6-21　闷热, 每一个开始都是可爱的

有个角落正在等我

——写在中国作协杭州创作之家

没想到这里有个角落

在隆重地等我

案头那射自天花板的一束灯光

给我温馨温暖

给我关切关注

那么多的坎坎坷坷

我一程程走来

那么多的坑坑洼洼

我一步步跨过

心血与汗水拍打岁月的船舷

穿越我生命的河流

在这里靠岸停泊

虽然只是一次小小的栖息

却是莫大的荣耀　于我

我顾自在乎

我顾自满足

十天足够

足够把我的旧痛老伤一一修复

十天足够

足够把我的灵性功力统统激活

因为家的饭菜香甜可口

因为家的甘泉清冽解渴

2015-8-8 夜 12:08　苏迪罗台风将来

有一种极限就这样残酷产生

当灾难压顶

世情就纷纷

纷纷坠落在一条底线上

触碰　底线的底线

被坠成最大弧形

再坠　再坠下去就要崩溃

有一种极限

就这样残酷产生

你问地　你问天

你问了再问

你在这边界极地黯然伤神

一切本该顺理成章

却为什么　世俗还会以

世俗的方式为你降临

泪无声一直无声

万千万千伤感

只埋在深更

你埋埋埋　埋了再埋

你坚信在沉默的泥土里

来年会神奇变身

2011-6-7 深夜　久旱逢雨有感某件案事

走到绝路就遭遇诗

走到绝路就遭遇诗

活到边缘就触及命

时空极限处站着

精之大极神之大限

悬崖峭壁上挂着的枯藤残枝

最有资格说说夏秋　评评冬春

夜 11:20　有客，品茗畅谈

直视生命的幽深

我平静

平静得几乎让自己吃惊

是所有追求与理想

都已到头还是顿悟

在刹那间照彻人生

我平静

平静得几乎让自己吃惊

是对功名利禄的淡泊

还是知道原本就一事无成

我平静

平静得几乎让自己吃惊

但平静能让我智慧淡定

直视生命的幽深

2014-6-28 尼亚加拉瀑布休息区匆字，2016-8-8 改定

悟是什么

悟是什么

一句话说不清

十句话也道不尽

悟　要以你的生命作代价

年年岁岁随风逝去之后

突然一刻

你的脚步慢下来

好像发生的事有点面熟

而事情的内心是空的

正被什么东西唰唰地串起来

变成不是事体的事体

似是而非　似曾相识

心境平和下来

再重要的事情

也变得不再重要

悟　这才蒙蒙眬眬

曳着拖地长裙

迈着款款细步

突然褪衣全裸

破门而入

9-16　轻阴，刹那的感觉如电击

133

往事写真

许多尖锐的小事埋在生活深处
当偶然碰上恰好
恰好的光线恰好的雨露
于是　就抽一片芽尖尖
活生生突破泥土

此起彼落的情节会照例展开
不管有多尴尬有多窘迫
丝丝缕缕的插曲还一桩不少
关键时刻路演　黄金时段发布

无法回避　更不能绕过
生活里隐藏着的伏笔
有时还真的胜过小说

2016-6-2　旧日手记稍改

生命原本是个过程

而幸福却是一种内心的体验

四辑　足金成色

一品大百姓

十字街口那双眼睛　真刀真枪地

上演一部二十多年的连续写真

主角项全雄见义勇为的故事

惊心动魄　情节感人

你把一个公民的义务

当成自己神圣的责任

不是警察的警察

每条新闻都轰动全城

你是社会的良知　是人性中的

至善至真　今夜我们整座城市

把平安英雄的桂冠　献给你这个

——当代的一品大百姓

2008-11-28 匆字，2016-10-11 圣彼得堡火车站改定

人生原本是个过程

生命原本是个过程

而幸福却是一种内心的体验

你是不幸的

你自身灾难深重

然而　你却用你的不幸

去击碎了别人的不幸

你却用你自身的灾难

去瓦解了别人的灾难

你以你这种凄美而悲壮形式

绽放你生命的光彩

让世界上所有的人

都为之震颤

并为你疼痛也为你骄傲

体验过这种精神追求的女人

是高贵的　也是美丽的

2013-2-8　写给平安英雄胡美蓉

只要一条小缝

静静地　你在倾听　倾听人世的
喧嚣　灵魂的挣扎　更有精神
囚笼里　那些绝望的呻吟

你用心理学上神奇的法则
让求助人自己打开　那被自己
封闭了太久的窗门　虽然世上的路
很多很多　但人心与人心的走通
有时只要一条小缝

你就是这条情感小缝里的
平安天使　因为你知道社会和谐
的大船　原本都从人的心灵启程

　　　　深秋　写给心理医生

当情和法的交战在地上打滚

当你头顶国徽肩扛天平

就明白该如何定位自己的人生

公平正义是生命另一端的砝码

你在执行一线攻坚奋战冲锋陷阵

当是与非的纠缠在墙上结网

当情和法的交战在地上打滚

当强制执行的现场剑拔弩张

当法度之外的恳求泣不成声

你巧解心结决策预案穷尽手段

有魄力有勇气有艺术也有人情

你以文明的暴力诠释法律的尊严

以一腔热血担当社会重任

2011-11-17　写给执行法官

在夜色中悄悄精彩

当你巡逻在夜间一线

浑身上下如一张绷紧的弓弦

你察看你盘查你追赶你出击

你凌厉硬朗火眼金睛智勇双全

多少场惊心动魄的警匪交手

常在不经意间　　就高难度地展开

无数次风雨泥泞中的善恶拼搏

不动声色　　却活生生将疑犯擒拿归案

你享受胜利的幸福　　快乐的艰难

甚至也享受随时随地都可能发生的

危险　　你是一部来自滨海的英雄传奇

天天在城市的夜色中　　悄悄精彩

2010-11　　给社区保安队员陈云的颁奖词

独对天地灵魂清澈

一束青春生命耀眼的光束
在人们心头久久闪烁

今夜你无言那是善的天籁
今夜你不语那是爱的沉默
你以极致的聪慧　无敌的刚勇
在罪与恶出没的洞口守候截堵
为天下的平安祥和　埋单
你却以你血的无价命的亮色

你的内心足够强大
独对天地　灵魂清澈
今夜我们怀着崇敬　用颤抖的
手指　触摸一个英雄精神的高度

写给一名非常刑警。当年轻的他知道患了绝症时，把化验单
锁进抽屉，直到最后一刻倒在刑侦岗位上

让问题把自身收拾干净

有一种爱　在法律中生根

你就是枝干下那茂密的绿荫

在法度之外　情理之中

你奔波思索　你沟通倾听

你有法理无情的锋芒

也有母性慈祥的眼神

所有罪欲恶念都注定在你手里溶化

让问题自己　把自身收拾干净

通达社情　洞悉民意

只会让国家刚性的意志更有人性

这就是能动执法神奇的魅力

这就是立检为公　执法为民

2011 初春　写给检察官海英

豪华的青春

你在错综复杂的利益格局中思考
以智慧素养　淋漓尽致地寻得
那一线线平衡　在实务和法律自由
转换空白处立足　以激情责任
留下了前所未有的脚印

于是百年世博的美梦　在你生命中
渐次展开　从你笔下流出的成千
上万个合同和文件　以框架式的厚重
与光荣　构筑了你豪华的青春

沧海横流方显英雄本色
你把脉时代不断蹦极攀峰

2011-1-19　写给平安英雄盛雷鸣大律师

青藏高原一朵圣洁的雪莲

你是青藏高原一朵圣洁的雪莲

在物欲横流的世界里坚守本色

你以平安志愿者的名义看家护园

牵手各民族姐妹奔走奉献付出

你将身边点点滴滴　无以计数的

碎片杂乱　打理成一个个爱的礼包

献给世博　你将四周边边角角

难以言说的毛刺噪音

通融成一张张善的笑脸传送欢乐

多少年来　你追寻在精神世界的屋脊

以教徒般的虔诚　感恩再生的父母

白玛龙珍　你大爱不言善行无疆

不断在人间传递温暖酿造祥和

2011-1-19　给平安英雄白玛龙珍颁奖词

146

你进入状态毫不起眼

寻常日子普通打扮

你进入状态毫不起眼

是窃贼催生了你的职业

你不得不陪着"玩上几圈"

你的感觉富于穿透

隔着密密人群也能发现

不动声色之时　却突然与之交手

你以凛然而优雅的正气

降伏各路邪乱

失而复得　是感激是惊喜

然而个头娇小的女警陈峥

更是老百姓口中一个英雄传奇

冬日凌晨

147

高贵的力量

热血男儿的社会担当

原来可以这样大气磅礴慷慨激昂

一个生意人心甘情愿地自掏腰包

年复一年把另副社会重担扛在肩上

挽救一人稳定一家平安一方

你以博大的爱心和高尚的善举

清理着生活中的阴暗和荒凉

你以民间情怀中特有的柔软和温热

为社会化解愤怨的死结和仇恨的冲撞

你生命的舞台上每天都轰轰烈烈

感恩　已升华为一种高贵的力量

2010-11-12　采访志愿者康志坚

打开您一世的功名

您铁骨铮铮担道义　为百姓呐喊
您豪气巍巍求真理　与强权抗争

当权与法的碰撞　混淆了视听
当罪与非罪的较量　一发千钧
您这颗举足轻重的砝码　跳将上台
会让偶然倾斜的天平　保持平衡

您敢辩善辩　精彩绝伦
您壮怀激烈　满腔赤诚
大街小巷的老百姓有口皆碑
三十年律师生涯　您抵达顶峰
今天我们打开您一世的功名
看到您留给世界的一种伟大和精神

2012-11　写给百年功勋大律师郑传本

灾难和辉煌将您千锤百炼

你不凡的人生　充满传奇色彩

国家的兴衰　就是你生命长卷

你不怕辉煌不惧灾难

灾难和辉煌　已经将您千锤百炼

被四人帮关押　却又为四人帮辩护

你说　法律不讲个人的恩怨

多少场中外谈判艰难万分

你纵横捭阖柳暗花明峰回路转

你才智过人　又淡泊声名

你豁达大度　又睿智深湛

你以百年律师的风流与高贵

为共和国的法律赢得了尊严

写给著名大律师傅玄杰的授奖词

150

断桥下死神正张着胳膊

大治河记住了这一刻　灾祸突降

浪恶风险　惊心动魄　深更半夜

号角没有吹响　你却翻身下楼

一路狂奔直冲断桥裂坡

你报警你呼喊　你救人你拦车

你拼命挥动着手中的灯火

要知道　这灯火是生　这灯火是活

这灯火后的断桥下死神正张着胳膊

你扛着危急　死死地掐死了灾难

你不知道你已成了应急预案中

一星最亮的灯火　你更没想到

你一举轰动了上海　早晨醒来的世界

会给你那么多赞歌

2010-11-1　写给平安英雄钱林兵

151

思绪碎片

——写在八连展览馆

一

当我走进展馆
一种反差触目惊心

资质深厚的草鞋
气息现代的堂厅

也偶然也必然的相逢
这一刻充满了表情

时空交错恍如隔世
讲述遥远也讲述当今

旧衣布袜已不再是布袜旧衣
补丁针线已不再是针线补丁

一粒米一滴水一度电一分钱

供奉的是一种精神

二

一座城市高规格的珍藏

这一刻意义尖锐却寂静无声

光纤电缆行进的速度

不时扬起历史的粉尘

人类生存的界面

总被一次次刷新

世界对八连变幻着命题

任务在深奥莫测的变数里浮沉

面对突发突临突如其来的招式

你们机智沉稳

或唾手可得

或捷足先登

因为你们总有来自

八连营盘内神秘的感应

这一部历史也光彩夺目

这半世风雨也默默无闻

琐碎日常时也日常琐碎

风云突发时却也能突降风云

历史的幕布此起彼伏地打开

不同时期你们有不同的精彩

三

一些看似本末倒置的展览

再倒过来　却会让人

思考生活的本原

好八连被共和国深刻记忆

古老的展品成了一则现代寓言

高台镶金嵌银至上至尊

展示的是一尊中国的军魂

2013-5-12

书写着你生命的豪迈

你以一种穿透生命的力度与精度

破解着案件中的疑难

为社会生产出的公平正义

重量级地夯定　我们执政的墙基

立检为公　执法为民

你永远怀着极致的追求

可歌可泣地书写着你生命的豪迈

你恶疾缠身的病痛

你工作卓越的欣慰

正以一种凄壮的画面

让你精彩的人生

在公诉席上铿锵作响

2010-10　写给英雄寿志坚

我们应该跪着读

老人是一部大书
我们应该跪着读

人生的奥秘莫过于此
莫过于退尽世间浮华
水落石出
逼近内在　切入本质
赤裸的崇高与良善
以足金的成色
湮没于泥土
且没一个字的表述

顺应着你内心的旨意
以自己的贫苦　去负载社会的贫苦
你让自己零落成泥　成灰
却于尘灰中不意间落成你
灵魂的大殿　落成一个
精神世界里最豪华的居所

读你　读了再读
海量的阅读是一种照见
照见自己卑微如蚁
灵魂荒芜

颤动的手指
以一种内心集体的不安
洞幽烛微
在自己世界里有场大扫大除

无以数计的转发者
和我一样感慨
老人是一部大书
我们应该跪着读

2016-7 酷热天 39 度，清晨关紧所有门窗，以防温度倒灌。数月前读妹妹陆叶转发我的一条微信："万万没想到'拾荒老人'名校毕业，遗产震惊世人……"我再转发时留句"老人是一部大书 / 我们应该跪着读"，不想这个有我留句的微信今天又由他地他人转发我，万千感慨。老人叫韦思浩，毕业于杭大中文系，一级教师，退休后大部分收入化名魏丁兆捐助贫困学生，自己靠拾荒度日。直至年前他意外身故，世人才得知真相

头顶上空一颗十九岁的太阳

什么也没有想

你就这么冲上去了

你追赶的岂止是一个行窃的小人

而是生活中的罪恶

你疾恶如仇义无反顾奋不顾身

而当你击穿罪恶之后

世界上所有的人　都看见一颗

十九岁的太阳　在我们头顶上空

光芒四射　辉煌着

辉煌着　永远

2013-12-25　献给视觉艺术学院学生汪洋英雄

过去不去　未来不来

现在　就是意义

五辑　岁月窗玻璃

这是来自泥土的问候

芬芳清冽　这是来自泥土的问候
明丽响亮　这是出自秋天的气场
和大自然零距离　人会少很多杂念
哪怕就一刻　一刻放飞去趟远方

2012-11-13 上午 9:10　进屋闻浓烈清香，发现台上多了一捧刚离土的野菊，欣喜不已，提花瓶到各处试放，最后在书房摆弄停当，用放大镜把一朵小菊看成一轮向日葵

老房子啊不堪破旧

老房子啊　老房子不堪破旧

呆呆坐着　看每一块木板

每一块砖头

每寸空气每粒灰尘述

说前世今生

拦着流走的生命

放在心里感受

感受啊感受　原来是这么庄重

这么无助　这么伤感　这么不舍

老房子盛载过我一大堆岁月

轰响过我生命中的激情和忧愁

老房子收录过

我的原生态我的本真

我大大小小的私密

和风风雨雨的筹谋

老房子存放过

我处女诗集的原稿

我细细碎碎的珍藏

和秘不示人的信邮

坐在老房子里感感慨慨

世态炎凉　　人生沉浮

坐在老房子里想想看看

时空交叠　　神游思走

老房子未来将有崭新的景色

青枝嫩芽源自我生命的端口

我站起来作最后一次正式环顾

安而详之　　我挥一挥手

2011 年 11 月 10 日　　康健路老屋装修前驻足

曾经我们已十分疏远

曾经　我们已十分疏远

玫红的往事如天边云烟

也如梦　在水塘漾着漪涟

也如风　一去而永不复返

曾经　我们已十分疏远

同盟是场游戏

承诺　也一碰就断

曾经的热烈

都变成了今天的笑话

而你连笑

也显得何其匆忙何其草率

这是一份苦涩的真实

我让我相信　你的坦言

这是你的成熟　也是我的成熟

这是人的幸运　也是人的悲哀

成熟就是这个样子

一点也不讲究质量

说熟就熟了

熟得又黄又烂

熟得一点也没有骨子了

熟成不是你的你

然而　你却穿着时髦的西装

活得比往日还潇洒还自在

星期日凌晨 1:20

落笔滋润

落笔滋润

有种幸福油然而生

曾经散失的珍珠宝贝

有人陪你去找去寻

最是曾经的感觉突突上来

腰肢柔软

偶然也两肋生风

命运为我充了一张

钻石金卡

让所有的苦难排队

华丽转身

2015-7-18 中午 11:12　球赛激烈声传耳

过去不去　未来不来

登高极目　一切尽收眼底

忽然心头就没着没落

苍苍茫茫层层叠叠地

湮没了自己

一世心事也就如一地鸡毛

琐琐碎碎没了意义

亿万年时光无始无终

而当下正到达我的生命里

过去不去　未来不来

现在　就是意义

开掘我内在深层

找回真正的自己

2016-3-21 晚 8:45　昆明龙门石窟云华洞

167

让自己懒散

让自己懒散　懒散成一具

松松垮垮的鱼网　闲躺枝头

看了月亮再看太阳　让自己懒散

懒散成一只舒适旋转的藤椅

任椅脚堆满还在一动一动的思想

不下网　不去兜捞鲜活鱼虾

不思考　不去组合诗句文章

任光阴噌噌远去　一桌灰尘

满目荒凉　只是松松垮垮的日子

却非柔软可心的沙滩　容我从此

诗意地栖居　不升白帆不动橹桨

沙滩里不时会冒出碎石礁砂

让懒散惶惶然受伤

2016-6-12　翻看往年记事本上散句

168

像成熟的豆荚爆裂

像成熟的豆荚爆裂　种子飞落

爽朗朗地远去　种子远去了

独立在泥土里开始营造一个窝

哼哼唧唧中　有点失神

有点落魄　日子轻轻晃动

可说失落可说幸福

偶然也去光顾　但只是偶然

又怕是打扰　又怕是受苦

两难中夹着煎熬

但我尊重独立　尊重生活

2014-11-3　遣怀

169

且要老成一个人物

人生长途里有一个个节骨眼
你知道时　显然已遭受重挫
节骨眼没由没来
却会组成你命运的纹路

多少年来你投入投入再投入
节衣缩食竭尽血汗如数奉出
一部几近和你生命一样漫长的
电视连续剧里
你永远忠实于你的角色
而且从不厌倦日复日演出

没想到你如今却人见人厌
连你的自由也要察颜观色
你不知道节骨眼里发生的事端
你不知道你头顶的那片天
和脚下那片土里深埋的变数

你郁闷　你疲惫　你困惑　你无助

命运是什么　你不知道

你只是忍气吞声忍辱负重

天亮后又继续昨天的生活

何不出门远走高飞

去别处寻找你的快活

万千牵挂自当一刀了断

哪怕断在节骨眼上　也毫不在乎

要知道　你自己是重要的

你本该是节骨眼里那段节骨

老墙老屋　都由你亲手打造

收尾的章节　别人无权删涂

虽然你已是爷爷奶奶外婆外公

但老要老得尊严

且老成一个人物

2014-6-30夜深阅法院案宗叹而疾书，2015-7-30杭州白乐桥

1号801室改定

171

写诗说服自己

悠悠忽忽有那丁点　距离

不期而至的陌生　仿佛又是

那样熟悉　期期艾艾寻寻觅觅

谁料得　死寂冷灰里

竟然爆出了一星惊喜

犹犹豫豫惑惑疑疑

失而复得　写诗说服自己

冥冥中那么多的补丁　补丁的补丁

为我修复错乱的岁月坍倒的石基

而且类同的补丁　补丁的类同

让我走出往事再赏明媚的晨曦

这是何其艰难的命运编程

我是否只该用两个字　珍惜

2015-8-8　苏迪罗台风将来

才几个字眼出口

才几个字眼出口　就知道今天

棋逢对手　期待里蹿出烈烈火星

燎亮一派旷野山丘

我们在各自思想的城楼

亮出了同色同调的彩绸

隔山跨海的心领神会

在我们微笑里连翻几个筋斗

有种上天入地的快意

馨香馥郁啊美味醇厚

日子里有一种高规格的大餐

不是宴桌上的山珍海味

而是在得道的路上气息相投

2015-10-28 里斯本机场匆字，2016-8-12 改定

芒刺在背

下了站台
人仿佛还在轰隆隆向前
不知不觉就停下了脚步
松松宽宽的日子开始混乱

这是一个无序的世界
早先的规章已经失效
而新法又没制定出来
朋友离去　儿女又大了
以前只是说说的事情
纷纷飘到眼下
不想签字　又不得不签
冥冥中有人在说期限

从不相信会有这样的日子
说来　就天天来　天天来

在混乱中混乱下去

一万枚芒刺在背

装灵魂的那个匣子又坏了

什么东西都会漏出来漏出来

到站了　　到站了

这是一个新的天地　　新的站台

入乡随俗入乡随俗

青春远去

但我们还拥有春天

2010-12-28　改定昔日乱句

三个标题

你微笑　温和地不动声色

背后却是一座坚实的城墙

隐闻沙石飞走天地昏暗刀剑铿锵

你周旋于生命的沼泽　终于一脚

跨出　赢得安康　这让我们何其庆幸

又是蓝天了又是阳光　你也许

并不知道　我们对你的欣赏　一个人

内心的强大　可以轻而易举颠覆一切

即使把房子倒过来　情理中窗门

会成意料外的门窗　只是你不需要

太明太亮　否则日子将无法安放

哪怕是诗　也喜欢有三个标题

稀释着你岁月里的幸福和忧伤

2015-7-28夜　读健桐邮来的诗作，匆和

祸难

仿佛和你一起穿越了深渊

忍受命运随意降临的祸难

只是这个情节过于离奇和荒唐

想必上帝也有潦草马虎的常人情怀

或许是你幸福盛大快乐空前

叠加的美好就要你叠加着偿还

但你诸事熨帖完美无缺

只好随意撕个口子让你坠落黑暗

好在上帝还在后面托盘

何况有亲有爱把你网在中间

当你跳下生死大界奔进了阳光

才知道我们的感情有多少深浅

2016-4-29 踩博"瑞工坊"即兴

高山耸立大江横流

旅途是清洁剂消毒液
用寂寞打扫
我心灵的尘螨埃屑

高山耸立大江横流
也会为我拨乱反正
以一种框架式的启迪

2016-3-15　晴，到博南印象商城

等着痛苦来收拾吧

当岁月老成壳一样的东西

内容风干　粘在壁上

很宽容地让什么什么盛在里面

这时生命

就成了可以住人的房子了

无　就是有

有　就是无

血气方刚算什么

还没有经历呢

生涩涩地注满欲望

等着痛苦来收拾吧

2010-11-29　生命不是一个要被解开的谜

牢笼烈马

已经学会了忍耐宽容

就以轻松的语调奉上轻松

苦涩委屈

留给黑夜去咀嚼

掩饰　是一种文明的装饰品

我不肩

也得肩起这人世的沉重

只是学不会敷衍搪塞或者玩弄

阳春三月就不见柳绿桃红

我的倾情投入

这辈子已无法更改

不管你　或许懂或许不懂

忍无可忍时假装无动于衷

而怨怼的烈马却在心里

横冲直撞奋蹄扬鬃

然而一切又
都在和颜悦色中进行
谁也不知道我的微笑
是个牢笼

世界
本来就不尽善也不尽美
或许　这就是一种加持
让我的生命四季葱茏

2017-1-10　改自诗记本

老街浪漫阳光温暖

老街浪漫　　阳光温暖

这是春天的一个下午

故事走进画面

你斜靠着　　躺在一条石凳

他侧转着　　为你遮光挡眼

在古镇市声鼎沸的美食街头

你竟然一刻小憩安稳而香甜

只因空降的睡意　　让你猝不及防

疲惫的年岁头　　他只能随遇而安

当你在梦巷子里转转悠悠

他正静静地坐在你的身边

一份守候　　一份信赖

凭空就能搭建家园

你说　　呵　　我摸到了幸福

他说　哦　就这样简单

老街在十里美食的香气中浪漫
阳光在饱经沧桑的人心里温暖

2010-4-25 下午 2:45　阳光明媚，七宝老街小河边

我精神原野上的一棵大树
——写给屠老

你是我精神原野上的一棵大树

虬枝苍劲　大气磅礴

一回头就看见你了

哪怕我跌落山崖　滚到峡谷

在土沟里哭　掩面悲苦

耳畔却总是响起你　蓝黑色的呼唤

一行行　一段段　一封封喊我

甚至你还辗转海峡那端

觅得丁丁点蛛丝马迹

又寄来长长的沉沉的叮嘱

可是我不"一回头"不"看见"你

我心如死灰自甘堕落

忍看你蓝黑色的墨迹

深切着我的名字

仿佛你就立在信封上向我招呼

然而　我竟敢收信不复

还躲进暗处

任那些信封积灰落土　我也不抹

反正我一回头　就能看见你

而你　你却看不见我

只是偶然开一次小差

将莎上比亚十四行找来再读

再读你的译著　走回十四行

甚至远走英国

去寻找莎士比亚的故土

看那安妮·赫舍薇的茅舍

看两层不同寻常的露筋老屋

……

回来又打开你的信笺　再读

读你用粗犷的字体

品评的我的诗歌

进步与获取再难再苦

有你一句点赞我就满足

何况　何况你对我的赞誉

还写了那么长那么多

奢侈地享用你蓝黑色的温暖和鼓舞

享用人世间一份昂贵的滋补

我精神的裂口愈合

灵魂渐渐复活复苏

你慢条斯理的南方口音在耳畔响起

记起你说的那些事理那些典故

记起艾青广场我们旋转着合影

记起阿里山一起走的林间小路

终有一天　我平静回眸

看见你繁叶满天活力四射

只是隔纸看见你的眼神

我心头发热　泪眼模糊

我知道我错！心颤着

错事般　给你寄去一纸

可信中却喃喃不知说了什么

我只是想让它穿过十多年漫漫雾云

告诉你　告诉你　我的下落

你旋即飞书如箭

还用挂号挂着一把大锁

生怕飞回枝头的一只鸟又飞了

生怕鸟一不小心又走老路

然而你不知道

从我生命里走出的诗

一直在争取着某种资格

争取能"胸有成竹"

争取能"一回头就看见你"时

心中无愧

而非年华虚度

我把《生活过成诗》

让诗走生活

我让《玫瑰兀自绽放》

兀自归真　兀自返璞

可敬可亲的屠岸老师

你不知道　你不知道呵

我精神原野上的一棵大树

对我　曾意味着什么

2016-7-7　闷热，义乌国际大酒店 702 房

却接缪斯发来邀请

不想今夜遭遇出发

行李拉我翻身上马

车票直指海角

机票又说天涯

灵感躲在暗处勾引

诗句要我学会狡滑

曾经的变故又遭遇变故

幸运正为我满身披挂

我感恩不尽写小诗在微信群发

却接缪斯发来邀请　要我加她

2015-10-24 中午　英格兰往苏格兰大巴上

诗人陆萍的写作之路

老陈

年轻人写诗，不稀奇，"少年情怀总是诗"嘛，诗总是和激情、想象、活力，这些青春的特质有太多的关联。若是有人年少时写诗，持续四五十年，仍能诗兴蓬勃，愈有进境，这就比较罕见了，除了天赋、热爱、毅力，我想还应探究一些更深层的原因出来，予同样渴慕写诗作文的我等，不无裨益。诗人陆萍，即为我们提供了这样一个特例。

西方文化界有个与诗相关的话题，"在奥斯维辛之后，写诗是野蛮的"。在中国，亦有兼善理论的诗人提出，"诗到语言为止"。此等言论，向来争论解读者众。如何能长期地保持有一定质量的写作？岁月历练，诗人外部与内心必定会有所变化。对，或许正是这"变化"，不断更迭着个体的感知，是其重其最。面对现实的拷问与打磨，在与人性、生命本质相关的层面，不断探询与挖掘，从而找到不同阶段的艺术表现手法。

当你写了一定的数量后，发现再也写不下去，曾经的水准都难以保证。此种处境，无疑是灾难性的，多少人在某个时段搁笔，一腔才情戛然中止。大约只有少数作者，历经时日与灵魂的磨难，获得凤凰涅槃般的重生喜悦。有的人长期写作中，所用的文体形式相对固定，其作品所蕴含的气氛、语言及表达方式悄然改变了；有的文体和创作技艺都变化了，无论哪一类别，关注的侧重点都会走向纵深层面。写作，已不仅仅是抒情言志，而成其生活甚至生命的一部分了。

当我比较宽泛与深入，阅读了诗人陆萍作品后，即有如是感想。陆萍跨世纪的诗歌创作达五十年，热情与质量不见衰减，且愈发丰沛……这与诗人一以贯之的艺术主张有关。诗人说，生死、爱恨，性情，是其写作永恒的关切和诗心不老的根本。有此精神上的引领，随后跟上技术性的娴熟，写作之路便无限量地开阔起来。从早期自觉的凝练、继而的敏锐、直觉，至近期的深刻彻悟，诗人在每个时期都有上佳表现。

诗人公开结集的作品约有十几部之多，我们约莫以每个十年跨度为视角，来探讨、梳理一下诗人创作的"心路历程"。

上世纪七十年代刚刚开始，这位还很年轻的上海第二棉纺厂女工，就在一些全国性大报上发表诗作；到 1975 年，就有长诗发在《朝霞》文学丛刊头条，继之衍生出长诗连环画本；如果算上出道前的练习，文字生涯当更为提前。

一个词出现在我脑海——局限性。当年多少优秀作家难逃此劫，时代的局限性，自非诗人陆萍独有。"十万纱锭飞旋／震动九霄雷库／牵银河泻瀑／令白云吐雾"（组诗《纺织厂速写》，1971 年《解放日报》副刊），当年纺织厂的宏大气势，四十多年后，我们读之，仍如临其境。如果仅止于此，也不过是个"出名尽早"的传奇。

1976 年"文革"结束。文学界艺术界的真正"解冻"要到八十年代，一些早已成名的文坛前辈擎旗"归来"，新人们以更高的起点陆续登场，以"革命"题材和风格为主导的文学创作，回归人学的本质书写。八十年代初，仍是写纺织厂，写集体的劳动与技能竞赛等，诗人笔下明显地添加了生活的情趣和感受。同时，这位年轻的诗人看似轻松却实属不易地完成了一次彻底蜕变。"她不留痕迹地告别了那种对 110 分贝噪音的纱厂车间的诗化"，"按照诗的本质的指引，走到内心中去，走得很深，很远"。"重返诗坛的陆萍何以能一变诗风而取得如同地毯式轰炸的效应？"（季振邦《挣脱》，1991 年《解放日报》）诗人的更为"个体"的抒情诗大量涌现，1985 年就出版了处女诗集《梦乡的小站》，其中《冰》《我不抱怨》《这一瞬竟如此美妙》等诗，广受瞩目和赞誉。诗人亦因之获邀出席印度、韩国、日本等国举办的国际诗歌盛会，饮誉亚洲诗坛。

九十年代，诗人在创作上继续发力，推出了《细雨打湿的花伞》《有只鸟飞过天空》《寂寞红豆》等诗集。其中诗作《残忍》《真想有一次纵情》等，以生命本质的姿态，践行着诗人早年对"写什么"的坚定选择。而作为记者的她，非虚构文学方面也佳作迭出，如《走近女死囚》《狱墙内外》《一个政法女记者的手记》等等。著名作家徐迟在给陆萍的序中如是写："篇篇都能扣人心弦，因为生和死，爱和恨，是她永远在采写在思索的主题……她的诗，也和这些报告文学一样值得注意。两者原是相通的，分开了各自独立，合起来就是叙事诗、史诗"诗人的这些纪实作品在社会上的影响，一时不在其诗歌之下。

二十一世纪第一个十年，诗人的创作爆发力依然凶猛，文风更是质朴、沉郁，写出了不少进一步探究生命本质与体验的佳作，浓郁的抒情氛围中开始呈现出大家气象，尤其是分两次发表在《上海诗人》上的组诗《刻在一块河石上的诗》，有集中体现。《深层的碎裂尖利地呼啸着》《一枚秋叶飞落阳台》等等，没有过多的铺垫与经营，已是接近本质的自发性书写。

2010 年至今，诗人一方面作品取材更为宽阔，如《亲情乞丐》《诗是什么》《着床》《界面光标》等等；另一方向，往人性的多角度去切进、深入、思索了，如《黑屏》《生命是万能的神》《感觉在空间之外》等等。我和诗友小雨曾对其《写某文前热身》一诗交流过看法，"有轻轻巧巧的小泡泡冒上来／一串串一串串在心里散开／碧碧绿的金丝草随波荡漾／左亦随意右亦自在"，虽为即兴小品，但那种随意、率真、简单却又丰盈的信息传达出来，质量一点都不含糊。在她另一首诗的开篇，"就这个样子，立马写诗／落笔直达心魂要害／状态中不需要构思"，很能概括诗人写作特点：写什么，能很快进入状态，几乎是没什么不能入诗的，笔力越来越往心魂要害里去开疆拓土了。

诗人写作多年，诗作宏富，游踪广阔。难得的是，我在其作品中，不时窥见古诗词的某些神韵，在作者似乎是无意，但其传统与外界纵横的修养都融化其间。近期诗作，相比作者过去，文

192

体异常饱满，情思却愈加深刻内敛起来。曾经几次在博客中看到这位女诗人谈及：如今读诗谈诗写诗，已经是一件非常奢侈之事，我们应该知足。"把生活过成诗／静静奢侈／在生命的前庭后园／享受此地此时"。诗人的诗大多不难读懂，而其不断改进的语言与情感张力，都是大多异于他人者的，尤其语言的表达方式，愈显独特。

也许，写作的终极目的，不为别的，正是为了自己，写出自己内心最渴望表达的感受，可以获得一种平衡满足，可以在世间安放心魂。写诗，已经成了陆萍的一种生命的方式，这和肉体的存在，需要呼吸、喝水、吃饭一样，灵魂的存活同样也需要用诗歌来维持。一个写作者，长期的煮字生涯，无疑是孤寂的，但从自然、生命、人性，且往纵深的思考与挖掘，反让作者的视野得以开阔、内心得以滋养，保持着鲜活的激情和创新能力，抵抗写作这种过于喧闹的孤独。

2017 年 1 月 15 日

后记

多少年下来了，我一直认定：写着就是全部。诗，让我寄托放飞，让我释怀透风，让我宣泄收藏，让我卸却也让我获有。一切喜怒哀乐，所有七情六欲，包括这之间的过渡、映照、渐变，五味杂陈的情怀，只要走过我的身心，都会有诗留下痕迹。诗走生活，或者说把生活过成诗，几乎成了我的生命方式。

生命是一去不返的单程，能够在生命行走的过程中，随时有碎章断句留下来，无疑是一份补偿也是一份幸运。在许多许多留有我生命脉息的诗行间，今天，我可以驻足回望，可以凝眸重温，也可以审视我一路上走来的行色步履和精气神息，更有长街短巷里埋伏的遭遇，不乏爱恨情怨，也有生离死别。

曾也从热闹里走过。热闹里有许多情切切意盈盈的东西，但是再闪烁再迷离，总会有沉淀下来的一天。觉得生命中这样的"一天"，才是比较真实的。

感谢诗歌，在我将近半世纪生命行走的过程中，是一条严厉的鞭子，让灵魂不曾倦怠。

今年夏季，酷热中得闲又翻开诗稿在看。十几载春秋汇合而成的诗稿，捏在手里有几年了，但是每回改改动动，增增删删，心里总生出些许满足。甚至，我都没有将这些诗寄出去发表过。把写在 2010 年之前的诗，汇成一本《玫瑰兀自绽放》，2010 年之后写的则名《生活过成诗》。那时我并不知道，这两本诗集在两个多月后，将有诗神眷顾。

其实，成功就是一件事情的句号，本身并没有什么意义。而有滋有味的过程体验，才是成功本身的内涵。

年轻时每当一首诗定稿，抄写过程是最享受的。我会雅雅地为自己倒一杯茶，然后打开一张早就备好的大白纸，总觉得没有印格的白纸上，诗里的每一个字都是自由的。

几十度春秋透我身心噜噜而过。而今我的电脑里储存着成百上千的诗稿，总觉得没交出版社之前随意修改的自由，让我挺享受的。

二三十年前我诗集的一个研讨会上，记得结束时有领导提醒我说说今后打算。我很尴尬，但还是实说了。我说我从来就没有打算，也不打算今后要怎样。如果一定要讲，那么所有的打算，我都放在今天。至于今后，一切顺其自然。

让一切都在过程里自然而然地发生。这就是我的希望也可说是我的追求。在不追不求不希不望中，做好眼下的事情就是全部。永远记得在走向文学殿堂之初时，谢泉铭恩师的话：只求耕耘不问收获。

选择写诗，是因为诗考量灵魂。诗的精细与锐利，可以无尽触及造物设计的奥秘，可以无限层面地呈现生命中的沉浮际遇和喜乐苦难，并能不断地滋润与强健自己的心智。选择写诗，也是尊重自己内在的一种植入式的神秘召唤，尖锐地体悟日常，潜走人性，感受生死之间甚至时空之外，成了我写作最大的价值与乐趣。

在这份享受中，面对当今社会上一些喧嚣的景象，就能熟视无睹，以至看透看淡，保持了内心的澄澈；我弄清楚了一个人在浩瀚宇宙中的那个坐标值，就会有一种持守和进退，让我坚定而且执着。在自己认准的路上，自信满满地去做。拿句我常说的话就是"完成自己"。"自己"尽管微不足道，但"完成"却是生命的一种圆满。

自从世界上发明了博客，我真是喜从中来。在那儿我可寄托灵魂置放情感。她像个神盒，不管我在北欧还是南非，世界任何一个角落里都伸手可及。可取可写可读可发。来我博客做推广的人，我一律将其关进黑名单。我不需要来自外力的推广，哪怕我的万千诗情，全然是自生自灭，个中乐趣也足够我享受足够我快乐了。

台湾有个哲思诗人叫梦蝶。去年春夏之际，有次我翻寻资料无意间发现一张我和他在台湾开会时的合影。于是有诗："……你总一袭长袍　一把纸伞　一只包裹／孤绝沉静地坐着　坐也深刻……"（《题与梦蝶合影》）进而去翻看他的著作和纪录片《化城再来人》，沉浸在他脱俗孤寂的世界之中。得知他的第一本诗集《孤独国》是自费出版，顿时觉得自己也该去尝试一下。为文学守夜：坚持写作是一种，靠一己之力出版，也是一种，都是算尽了自己的一份绵力。思想一动，方案即刻出来。我决定自己设计版心，排版，插图。由着自己性子，出一本完全由自己动手做的诗集。虽然知道个中艰难，但我勇往直前。

那些天里的电脑排版，真是日以继夜。我八方搜索四处求教。我兴奋，欣喜遇上了新时代。夜深了又深。家人看我还一如既往，都二三个月了，坐在电脑前那副全神贯注的样子，心有不忍，发话，说后天马上要出发了，"英爱葡西25天"（英国爱尔兰葡萄牙西班牙旅行），累着身子如何是好。

终于，我收摊熄灯。想着自己用专业软件"飞腾4.1"排好的书，那淡雅渐变上色的页面，那自己选的插图、照片等，有种成就感拥抱着我。

不想月后回国到家重新坐在书房电脑前时，繁杂的操作于我，竟恍如隔世。我不敢贸然拾起，知道稍有差池，就前功尽弃；曾经有过的闪失让我心生恐惧，暂且搁置以后再说。有时，想起诗集的编排或许半途而废，我却没一点沮丧。因为我已经享受了过程。

写诗，我习惯一气呵成。甚至那首《冰着的》诗，而今翻见当年涂在纸上的草稿，几乎就没动一字。我常常是感觉簇拥文字同时着陆，置身状态，就是身陷诗中。只要静下心来及时记下便是。只是等再作修改时，常常会走味，走题；也好，另外一首就此开始。

应约写稿，就要花费时间去进入状态，甚至消融自己去感受某人的某时某刻，但每当有稿约，我也会全身心投入。人在生活中的社会属性，意味着必须要有的政治担当，比如应邀为上海三届 30 个平安英雄撰写颁奖词。尽管生活有瑕疵社会有弊病，但肯定还有那么多热血激荡赤心忠胆的同志在坚守平安之夜。颁奖词只能一百来字，要活龙活现写出一个人的职业内心外貌事迹，谈何容易。但我一如几十年前走进文学殿堂之际的选择：摸着人性人道、生死爱恨这些永恒的暗巷子进去，真实的血肉全在里面。这多年来我写诗为文，遵循的就是这个铁律。写英雄当然也不例外，包括写囚犯，都是血肉之躯嘛。

英雄登台，盛典在即，灯光五色，来自我笔下的一个个字，如铜铸铁打，在音乐背景前跳将上场："……你是不幸的，你自身灾难深重；然而你却用你的不幸，去击碎别人的不幸；你却用自身的灾难，去瓦解别人的灾难……"那种从英雄人物的人性深处挖掘出的钻石闪闪发光时，我会有卸却重荷般的轻松和荣光。虽然写一个不熟悉的英雄远比我平时即兴挥写辛苦得多，但我愿意。人要懂得感恩。今天我们生活中的和平温暖，来自很多默默无闻的一线同志的付出："为天下的平安祥和埋单 / 你却以你 / 血的无价 / 命的亮色"。

一气写来，忽然发现今天是 2017 年元旦。仿佛是种暗示，要我有新的开始。灿烂的阳光以新鲜的角度从东窗低斜着，透过一簇绿叶进到我书案一角。决定以后每天这样子早起，摈弃以往的贪夜。几十年来，总觉得夜，无穷无尽苍茫辽阔，许多向往、进取或者失意、失落，都可以在夜海夜山里觅寻找得。夜像慈爱的老母亲拥我在怀，给我滋养让我修复，我甚至有一首诗是这样写的："吮着苦辣 / 吮着酸甜 / 墨黑的世界被吮出一个小洞 / 轰轰烈烈 /

诞生了一个节日"。墨黑的世界就是夜，而那小洞，就是夜尽之时那缕曙光。这些年里我有多少次踯躅案头直至天色微曦哦。而一个"吮"字，则泄漏了我诗的语境之秘。

诗集《生活过成诗》和《玫瑰兀自绽放》得以出版，我要感谢著名纪录片导演王小龙、资深大编朱老师的提点和上海文化发展基金会支持；感谢著名评论家毛时安兄鼎力作序；感谢困境里给我精神力量的屠岸老师和《上海诗人》，以及许多鼓励我的文学前辈如野曼等；感谢给我力量和温暖的家人陈德弘和我弟妹诗友同道包括完善我诗集名的诗人田永昌；感谢给我意外惊喜，为我写来精彩诗评的著名评论家王新民老师，该诗评已作本书序二；感谢大画家朱自谦，放在勒口上的肖像速写，来自他 1983 年在新疆绿风诗会上为我的即兴挥洒。感恩应该是我单向的付出，然而每天，却有那么多的美好等我开门。对这个世界，我除了感恩还是感恩。走文至此，阳光从案头慢慢移上铁艺花架，眼前一大片灿烂。

让一切在过程中发生。只是静静接受着，我。

2017 元旦　于梦乡小站

陆萍简介及书目

- 1970 年　在解放日报副刊发表处女作。
- 1972 年　歌词入选《战地新歌》，上海交响乐团灌录唱片。
- 1975 年　在《朝霞》丛刊发表长诗《闪光的工号》(与人合作)。
- 1983 年　应邀赴新疆石河子出席全国诗歌盛会"绿风诗会"。
- 1984 年　《思念》入选《当代短诗选》。
- 1985 年　组诗《写在梦乡的小站》获上海文学作品奖。诗作《冰着的》被日本《地球》季刊译介。
- 1986 年、1996 年、1997 年　《冰着的》《倾心长谈》《崂山溪》等诗先后被《中国文学》季刊英文版、法文版译介。
- 1988 年　应邀赴印度博帕尔出席亚洲诗歌节，上台朗诵《冰着的》《吻》等诗，获"亚洲诗坛明星"称号。
- 1989 年　诗作《给维吾尔族小姑娘》入选《现代诗集》(中日韩英四国语对照，日本花神社出版)。
- 1991 年　诗作《残忍》被日本《野路》杂志译介。
- 1992 年　上海作家协会在上海法律专科学校举办诗集《细雨打湿的花伞》研讨会。
- 1993 年　应邀赴韩国汉城出席亚洲诗人大会，上台朗诵《这一瞬竟如此美妙》等诗。诗作《残忍》入选《亚洲现代诗选》(中英日韩四国语对照，韩国同和社出版)。诗作《绿叶》被日本《地球》季刊译介。
- 1994 年　日本《地球》季刊诗志发表今辻和典对诗集《有只鸟飞过天空》的评论文章。

- 1994 年、1996 年、1998 年、2002 年、2003 年、2010 年　先后在深圳、佛山中山、三亚、南京、金华、安庆等地出席国际华人诗歌笔会。
- 1995 年　诗作《真想有一次纵情》入选中国台湾版《95 亚洲诗人作品集》。
- 1996 年　应邀赴日本前桥出席第 16 届世界诗人大会，上台朗诵《残忍》《真想有一次纵情》《没处寄的信》等诗。《冰着的》等诗入选日本版《亚洲现代诗选集》(中英日韩四国语对照)。《信封》等诗被日本《地球》季刊译介。《真想有一次纵情》等诗被日本《海潮》杂志译介。纪实文学《黑色蜜月》被改编成话剧在上海兰心大戏院公演。
- 1999 年　应邀赴台湾参加两岸女诗人交流活动。
- 2002 年　诗作《冰着的》入选九年义务教育初中语文补充教材。担纲东方电视台播出的"十月阳光"大型诗歌朗诵会总撰稿。
- 2007 年　《冰》《岁月窗玻璃》等诗入选《上海之声》(美国 Better Link Press 出版)。
- 2009 年　诗集《梦乡的小站》、纪实文学《走近女死囚》《迟到的忏悔》入选上海纺织博物馆"人物撷英"展品。
- 2013 年　被上海视觉艺术学院聘为兼职教授。

诗集

《梦乡的小站》　福建人民出版社　1985 年

《细雨打湿的花伞》　知识出版社　1990 年

《有只鸟飞过天空》　上海文艺出版社　1993 年

《寂寞红豆》　上海人民美术出版社　1995 年

《陆萍短诗选》(中英文对照)　香港银河出版社　2003 年

《玫瑰兀自绽放》 文汇出版社 2017 年

《生活过成诗》 文汇出版社 2017 年

长诗连环画本

《银海之歌》(与人合作) 上海人民美术出版社 1978 年

纪实文学

《狱墙内外》(上下本) 香港繁荣出版社 1990 年

《迟到的忏悔》 知识出版社 1990 年

《狱墙内外》 时代文艺出版社 1992 年

《黑色蜜月》 广州出版社 1994 年

《一个政法女记者的手记》 上海人民美术出版社 1995 年

《走近女死囚》 上海文艺出版社 1999 年

《女死囚的故事》 上海文艺出版社 2002 年

《高贵的脊梁》 文汇出版社 2008 年

图书在版编目（CIP）数据

生活过成诗 / 陆萍著.——上海：文汇出版社，2017.6
ISBN 978-7-5496-2071-5

Ⅰ.①生… Ⅱ.①陆… Ⅲ.①诗集－中国－当代
Ⅳ.① I227

中国版本图书馆 CIP 数据核字（2017）第 075822 号

生活过成诗

著　　者　陆　萍
责任编辑　朱耀华
特约编辑　甫跃辉
装帧设计　零　语

出版发行　文匯出版社
　　　　　上海市威海路755号
　　　　　（邮政编码 200041）

照　　排　南京理工出版信息技术有限公司
印刷装订　启东市人民印刷有限公司
版　　次　2017年6月第1版
印　　次　2017年6月第1次印刷
开　　本　889×1194　1/32
字　　数　36千（诗2630行）
印　　张　7.125

ISBN 978-7-5496-2071-5
定　　价　32.00元